侧耳之间

昱然自选诗词

昱然 著

吉林大学出版社
·长春·

图书在版编目（CIP）数据

侧耳之间 : 昱然自选诗词 / 昱然著. -- 长春 : 吉林大学出版社, 2023.3
ISBN 978-7-5768-1545-0

Ⅰ. ①侧… Ⅱ. ①昱… Ⅲ. ①诗词－作品集－中国－当代 Ⅳ. ①I227

中国国家版本馆CIP数据核字(2023)第057435号

书　　名：侧耳之间——昱然自选诗词
　　　　　CE'ERZHIJIAN——YURAN ZIXUAN SHICI

作　　者：昱　然
策划编辑：张维波
责任编辑：周春梅
责任校对：田　娜
装帧设计：刘　瑜
出版发行：吉林大学出版社
社　　址：长春市人民大街4059号
邮政编码：130021
发行电话：0431-89580028/29/21
网　　址：http://www.jlup.com.cn
电子邮箱：jldxcbs@sina.com
印　　刷：吉广控股有限公司
开　　本：880mm × 1230mm　　1/32
印　　张：13.125
字　　数：220千字
版　　次：2023年3月　第1版
印　　次：2023年3月　第1次
书　　号：ISBN 978-7-5768-1545-0
定　　价：88.00元

谨将此书

献给我的母亲

感恩她赋予了我生命

又将我视为她的生命

自序

这不是一本诗集，而我也不是一个诗人。

大概，一本诗集里面应当充盈着抽象、委婉并独具艺术感的诗作，然而在接下来的页码错落中，你们却只会发现一些直白、浅显并依赖曲调的填词。当然，填词与艺术并不矛盾，就像留存在历史长河中的宋词元曲一样，那些伴随韵律而飘逸的唯美文字本身，也是一种属于亘古的诉说。但在这本书中，却几乎无法找到能够与古典文学对标的痕迹，因为这些字里行间的押韵主要还是对流行音乐的一种回应——它或许在某种程度上不够深刻与文艺，但又或许在某种程度上更加贴近情感与生活。所以，我更希望将它称之为不太高雅而又远离低俗的词集。

大概，一个诗人应当对这个世界充满着不同角度的热爱，并且善于用文字的意象与组合巧妙地表达出贴近人性的思考。至少在我眼中，诗人应当是兼具高度、深度和广度的形象，而我同这种形象之间显然存在着些格格不入的差距。就像自己以“最浪漫的往往最现实”来评价李白的潇洒一样，我始终觉得那些“被称之为诗人”和“被公认为诗人”的人之间还是存在着些许的差别，而我恰恰就是偶尔会经历前一种情况的人。其实，每当自己得到“诗人”的称谓时都会在内心浮现出一种惶恐，因为我只是伴随耳机中的音乐把旋律唱出来、写出来，还远远还达不到精神的高度与思想的深度。所以，我更希望将自己定位为喜欢在乐曲中探寻文字排列的稚嫩写者。

那么，为什么一个喜欢填词的外行人要出版这样一本不专业的作品集呢？我想，这个问题的答案其实就是作品集本身。就像自己曾经的文字所表达的一样：“用文字的魔力　写真实的笔迹　我还会选择勇气/既要温暖他人　更要激励自己　我还会坚持下去。”事实上，能够为别人带来温暖并不是一个易事，毕竟每个人对温暖的定义并不相同；不过，很多不容易的事情也往往有它内生的价值，而温暖他人便是这样一件值得我为之奋斗一生的信念。与此同时，温暖他人的方式既可以是炽热的爱意，也可以是平凡的恬淡，更可以是适度的悲伤——没有绝对唯一的方式，但却是相对唯一的追求。所以，我希望这本作品集可以是自己实现内心信念的平凡一步，也希望带给他人的温暖可以激励自己继续坚持与创新。

此外，正如林语堂所言："世间有个性，为艺术上文学上一切成功之基础。"故而，这本集子本不打算以某种主题和编排呈现在读者面前，因为我相信时间本身就是最好的安排，个性本身就是文字的给养，而青涩与成熟之间的变化或许也是温暖他人的一种路径，即泰戈尔所说的"成长的力量"。从2003年第一次开始尝试撰写这种非诗的文字形式，到2022年以《飞鸟集》为体裁填词了一首《温暖的诗句》——在20年的岁月穿梭中留下的不仅有那些值得珍惜的回忆，也有很多需要偶尔回味的机缘和彩蛋。在这个层面上，文字不仅是我忠诚的伙伴，更是代我讲授故事的语者，即便很多故事本身与我无关，或者只是凭空产生的造像，但故事本身却总是会有情感隐遁其中，同时也总是会有某种可以被引起共鸣的声音潜伏于内。所以，20年的跨度不仅是对自我持之以恒的一种交代，更是希望能够用文字的体验与这个世界更好地对接。

最后，我必须要对那些我没有收录其中的作品表示歉意，即便它们最终没有机会呈现在阳光或灯光之下，但它们也都曾是我在某个时段最专注的表达。的确，从240首里筛出160多首并不是容易的选择，但没被选择或许也是另外的一种被选择，因为某种残缺和遗憾也会让它们拥有更多熠熠生辉的价值。记得周杰伦在《稻香》里写道："珍惜一切　就算没有拥有”，但于我而言，却还有那么的回忆被用文字的方式拥有着，而这种状态本身就很值得去给予珍惜。在这个层面上，我没有那么“喜新”，也只是些许“恋旧”；回忆当然无法用来沉湎，但回忆也自有它能够温暖人心的力量。而最为关键的是，你要如何去感受那些回忆，又该如何去对待那些回忆。这件事本无优劣对错，而我个人的选择便是：将它用文字的形式记录在纸张上、脑海中、时光里——缘由无他，也只是因为它们都曾是我最美的“侧耳之间”。

昱 然

2022年8月25日

于同济衷和

目录

2005

2006

2007

2008

2009

2010

2011

2012

2013

2014

2015

2016

2017

2018

2019

2020

2021

2022

侧耳之间

2003

四季组曲

春之音

细雨弥漫春意
风吹响绿色长笛
昔日冷酷的冰也融进水里
小溪融解流动
鸟儿开始争鸣
欣喜着欢悦春梦来临
歌声荡漾天地
净化空气
是谁
设置好万物苏醒的闹铃

夏之幻

迎接烈日的审判
享受海水的洗礼
让波浪击去我心中的悲喜
即使晴天朗朗
也要小心节气
谁知何时又会倾落漫漫夏雨
繁茂幻想的季节
掀开昆虫的日历
注意
谨防狡猾的蚊子
给你沉重一击

秋之缘

万物替大地装点金黄秋衣
大地给万物送来谷穗稻米
农民正用汗水和辛勤
演奏着劳动谐和曲
落叶选择此时归宿生命

为原上草穿饰嫁衣
风吹中秋
拭去了圆月的端倪

冬之梦

白色溢满苍凉世界
雪花悄悄按响冬的门铃
点缀好枯老的树林与草地
冰川绵延无尽
仿佛甘露皎洁欲滴
暴雨侵袭
湮没精灵的哨音
只有那酣眠的狗熊
傻笑着暗自庆幸

写于2003年

心 · 灵

呼吸逐渐被透明
当世界充满宁静
清澈正覆盖水面
映现出青青倒影
来自禁域的精灵
脚踏着绿色降临
沾染苔藓的武器
被遗落山川草地

树叶奏响天籁之音
勾起旧时回忆
人和自然曾经猛烈撞击

斗争必须和议

阻止无谓的行径

谁也不能主宰万物生灵

生命紧密联系

祛除荼毒的恶意

诅咒将在和谐中结冰

我们齐心协力

还明日静寂空气

让森林回返久别的大地

和谐

源于人与自然最珍贵的友谊

写于2003年

为动画电影《幽灵公主》所作

侧耳之间

2004

柏油马路

忽视了身边的冷漠
静静地无言走过
脑海中又泛起
驮过你的单车

当微风掠过我耳朵
倾听着沙沙响动
蝉鸣声惊醒了
被忘却的伤痛

一天接一天　流光不会间歇
爱的誓言
已被瓦解成碎片

柏油马路　往昔珍藏的旅途
我的付出　随着叶片飞向天空
云儿哭
雨水不停地嘲笑我
当初曾自以为是会很幸福

柏油马路　这最寂寥的满足
两排梧桐　在微笑中渐渐模糊
你的手
并非永远都能保留
从今以后没有你我怎么过

写于2004年上半年

小提琴

月光陪伴乌云闪躲
夜空点点流星驶过
跟随天籁的指挥
拉响无边银河

晚风渗透几滴悲哀
音乐独鸣凡世沉默
演奏一首安魂曲
吸引天使驻落

推开半掩的窗棂
琴声使空气结冰
一曲流离

能否唤回知音

悲寥节奏
乐章遗失了你的音符
梦幻曲谱
小提琴如何恒久反复
不和谐的踟蹰
韵律夹杂泪眼蒙眬
背影伴随夜风的聆听
失踪
琴弦在无助的黑夜里
断声

写于2004年上半年

复兴

中世纪萌芽默默聆听
欧罗巴绽放月色群星
古典文艺挣脱教堂铃音
等候太久的复兴

意大利但丁谱写神曲
薄伽丘十日谈诉人性
我用人文主义解放自己
祈望唤醒爱情

西斯廷天顶寻觅着你的身影
雅典学派里查到了爱的说明
相恋情侣如何能够抗拒

必须追求现世的幸运

我看不进达·芬奇蒙娜丽莎的美丽
也读不懂哥白尼日心说的奥秘
我的心
只知道以椭圆围绕着你
算不算是愚人颂出的希冀

我看不出米开朗琪罗雕塑的神奇
也读不透莎士比亚戏剧的悲喜
我的心
只渴望冲破相拥的禁忌
期待着爱情复兴

写于2004年

孤舟

夕阳仅剩一半容颜
凄美飘荡天海之间
红晕晚风吹干
那湿漉漉的双眼

孤舟穿透雾霭显现
独自矗立甲板边缘
昔日爱情诗篇
伴随海浪重写一遍

当回忆零落成礁岩
遥遥地连望远镜都无法看见
指南针在沉眠

测不到爱的笑脸方向那边

孤舟渐远
水手将寂寞升上桅杆
暴雨席卷
遮掩了追寻梦的视线

海燕听见
静谧蓝世界我在呼喊
何时到岸
把装满你的航海日志
撰写永远的结篇

写于2004年

紫风铃

看清晨艳阳升起你即将远行
日式庭院淅淅沥沥雨下不停
两个人背靠背温度接近
安静地等待闹钟奏鸣

池塘波纹深处藏匿几条红鲤
尾随幸福缠绵相依游来游去
回廊里平铺着油青草席
交错编织美丽的过去

飞机票　还紧握手心
你喜欢　这样的场景
屋檐悬挂紫风铃　摇摆着曾经

倾听
紫风铃的夜曲
雨落地融合铃声汇成小溪
肩膀　撑住你的希冀
相隔千里　思念连在一起

细品
你爱喝的回忆
水晶玉镶嵌戒指代我送行
呼吸　每一秒都想要　用尽全力
你是我最美的空气

写于2004年

边缘

爱意总是交杂着　最遗憾的遗憾
梦中也曾诉说过　最想念的想念
不说改变　不会改变　曾立下的誓言
单向的沉湎　也只是自我依恋

已过了多少年　你不在我身边
曾经那么确定的永远　全部都沉淀
心淹没于瞬间　最忧伤的感觉
最后才看见　最后才发现
你还从未眷恋

弥漫心中的亲密　不知不觉成过去
无奈享受着孤单　品尝回忆的甜

不愿离开　不会离开　想守在你身边
命运的红线　纠缠却没有牵连

瞬时想念成遗憾
我的心悬在边缘
不说爱　却想爱

已过了多少年　我不在你身边
曾经那么熟悉的一切　全部都凋谢
谁的心都怕时间　我到最后才发觉
淡去的依恋　淡去的思念
你是否能听见

写于2004-5-30，改于2022-8-19
为宫本骏一《白夜～True Light～》填词

仙人掌

孤零零矗立
黄沙满地
风卷尘埃　浑浊旧时空气

荒漠很绝情
蚕食回忆
爱情绿洲　竟被抹去痕迹

驼队途经
找不到熟悉背影
只留下脚印连向天际
冷酷秃鹰
鸟瞰着静静寻觅

无声盘旋　为我叹息

黑夜降临
撒哈拉的凉意
流星似雨　划破沉寂
一丝微光
刺痛装满你的水心

沙暴肆意
仙人掌在啜泣
枯萎针刺　我的爱情
仍奢望着
你带回的雨季

写于2004年

句点

劳燕分飞时的痛　你不懂
只管追逐天空的诱惑
候鸟也有恋家的时候　你没有
在无助的夜里丢下我

安静的关上房门　反锁
把自己受伤的心尘封
颤抖着打开音乐　无声
脉搏跳动着寂寥节奏

回忆如黑云压境　困住我想你的心灵
离别时刻骨的语言　铭嵌在脑海的笑脸
温暖的昨天被今天冷却

无奈告别的一切

画上了一个句点　圈在你我之间

一个人　凝望星辰

独自找寻

那颗流星才是你的眼神

静寂中　回忆温存

扪心自问

什么过错竟然弥留伤痕

不是我对永远的沉沦

而是你冷酷的嘴唇

写于2004年

罗马时代

维苏威爆发的声音
红色遍布深沉大地
熔岩和血液
混杂成一体

亚平宁告别了静寂
西西里岛传来号音
定情的歌曲
在荒野飞行

恺撒大帝的指令我不在意
束棒冷酷挥动
切断爱情

战斗前夕的拥抱埋藏心底
以爱的名义
发誓回来见你

罗马战场上硝烟同行
这颗心如无家的雄鹰
斗兽场也没有这般血腥
武器上刻有你的印记

刀光剑影凝固了空气
罗马士兵正怒吼着前进
橄榄枝还依然紧握手心
你是我必胜的勇气

写于2004年

悲秋

时光如流水一般
爱宛若浮萍一瓣
没有目标地在水面打转
日记被撕成碎片
丢弃掉你的照片
舍不得回忆起那段从前

又经历悲伤秋天
曾在这寂寥面前
分手时听到的刺骨之言
重回到事发地点
看旧景布上新颜
唯有秋的凄凉尚未消减

漫天飘散红叶
渲染了孤单季节
心随着河畔柳条轻轻摇曳
秋风扫清巷街　也包括你的一切
当回忆从头到尾渐渐凋谢

夕阳映衬无奈
长椅上温度还在
只不过黄昏情侣已经更换
悲秋陪我做伴　心却丢了依赖
谁能够唤醒被瓦解的爱

写于2004-10-30

紫菊

江畔上圆月
布置好寂寞长夜
枫树下紫菊
正随着清风摇曳
昏鸦返宿巢
不经意打破沉寂
无人的孤舟
漂泊在银河倒影

异客他乡
零落天涯
采紫菊一瓣
送晚风寄远方知己

伤别被宣泄

芦花飘絮满季节

幽僻饰时节

枯藤老树在哽咽

纷飞的蝴蝶

慢慢幻化为繁星天野

看紫菊凋谢

红尘埋葬花片

却留住余味

写于2004年

雪人

冬日无情来袭
冷锋瞬时压境
低温的节气
暴雪卷走回忆
身影冻结为冰
寒风残忍吹净
痛苦在堆积
塑成雪人的心

你沉默着孤单前行　甩去蓝色围巾
冰河将真相倒映　其实他另有伴侣

冬雾模糊眼睛

我像雪人般看清
你留下一排脚印让我寂寞独品
无奈是最终结局
夜雪也导演悲剧
难过的你为何忍心将我踏平

悲哀充斥冬季
日记里没有讲清
你的姓名已不经意间被他忘记
泣声如此清晰
雪泪那么动情
原来你的寂寥比我的伤心还透明

写于2004年

侧耳之间

2005

透明的朦胧

背靠背沉默相守到天黑
两个人　都不用张开嘴
沉醉　用呼吸代替说爱谁
悄悄品味　这种感觉

雾气模糊了那朵粉色玫瑰
微风吹　轻轻飘过花香味
是谁　用温柔擦干我的泪
总会每一秒在心中给予安慰

透明的泪　朦胧心醉
什么是非　或错或对　无所谓
若有你陪　再多的累　也愿意背

这一生　想着你　恋着你　爱着你

绝不会后退

朦胧的吻　透明似水

生命轮回　有你才完美

花儿睡　我怎么会疲惫

你身边　有我相随

透明的朦胧在相随

all the way

在相随

写于2005-4-13

为ZARD《少女の頃に戻ったみたいに》填词

青衣

油伞孤单躲在熟悉的树梢
两碗清茶丢了些幽香味道
江南小巷如思念九曲回绕
你的青衣消失在寂寞的转角

断弦琵琶寻找从前的曲调
人去楼空我却假装不知道
乌篷船头离别时斜阳夕照
杨柳岸眼泪总比雨季来得早

水波纹圈圈散随笛声消
旧时信墨迹潮愈加潦草
定情红豆　相思太难熬

形单影吊　无人去计较

亭台未老
江南阴蒙湿衫袍
残雪断桥
还在烟雨中飘摇

苏杭梦好
西湖浸没你的笑
雨声潇潇
那片青衣找不到

写于2005-6-10

孤港

孤舟停泊沙洲浅滩　夕阳染红寂寞容颜
浪淘尽旧时画面
拍打心间　淡淡的咸

皮靴踩踏贝壳碎片　海草流离水痕边缘
把脚印串联一线
随涨潮不见

海狸墨写不出永远的永远
鹅卵石刻下了从前的从前
白鸥驻落桅杆顶端　在绒羽中拣挑着思念

港口边天海间

孤单地走很远
一个人手持星盘观测季节变迁
碎礁上青苔藓
就好像你的脸
那轮廓清晰可见只想多看一眼

抛下锚一瞬间
没料到爱搁浅
玻璃瓶装满你的信件越漂越远
水平线的边缘
爱之港忽隐忽现
还能否登上你的彼岸

写于2005年

因为有你

春天因为有阳光
所以花儿会绽放
你是阳光　温暖了我的心房
夏天因为有雨
才能看到绿色大地
你就像细雨　湿润回忆

秋天因为有落叶
所以鸟儿才南徙
你是落叶　指示着我前行
冬天因为有雪
才能够诞出生命
你就像白雪　孕育甜蜜

紧紧地不肯放开你　要让爱永远在我怀里

你的出现是生命给的赐予　真的好幸运

我身边因为有了你

就连呼吸都流露你的名

幸福在刹那被预定

我用一生来证明

真的离不开你

让我现在勇敢说给你听

这世界因为有了你

很美丽

写于2005年

为小林清美《会いたくて》填词

瑞士雪山下

苏黎世座钟摇摆记忆
秒针一圈圈地环绕轨迹
阿尔卑斯　皎洁欲滴
这份情随时间融成小溪

爬山虎布满教堂顶壁
麦田一阵阵地散发香气
心状花瓣　点缀草绿
山羊群在田野间细细寻觅

你和我站在尼森山顶
祈望我们的爱情　可以化作天籁之音
永不逝去

梦幻的仙境
爱河在村落流经
镜湖畔叶片飘零
水面平静
全都是你的倒影

雪山下雾气
笼罩着浪漫雨季
晚钟伴幸福降临
暮霭透明
你是瑞士最美的风景

写于2005-9-14

豆蔻

一个人回返昔日的街
小城很寂寥更换感觉
年幼时戏院荒凉了夜
旧茶今又品尚未冷却

在记忆寻找流水拍节
萧瑟的晚风吹净一切
犹记得儿时流行的戏
幼稚的表演你的旦角

熟悉的舞台　气氛早已改
台下的喝彩　只剩我还在
手帕上　你绣的红掉了彩

时过而境迁　景在人离开

风随着月相又吹一遍
零碎的叶片在屋檐旋转
豆蔻的华年你那么甜
手牵手踏过江南青石阶

梦轻携小溪流溯时间
池塘的水面又倒映从前
苦涩凝结在胡琴断弦
鸳鸯手绢　哽咽语言
飘零天边

写于2005-10-9

风向标

风筝在飞　细线牵连一种纯粹
你的纯粹　是我远飞的航线碑
风向北吹　轻拂了云儿的眼泪
我的眼泪　因你的教诲而珍贵

风向标为风筝和云儿指示方向
你为我青涩的人生指明是非
每一天重复着辛勤劳累
用瞬间堆叠出永远最美

手中白色石灰　在黑色上缓缓地吹
额头流下汗水
我才领会

你的疲惫胜过我的几倍

脸上镜片一对　在灯光下笑容很美
发线银丝轻坠
我多后悔
你受的累为我操心几回

我像风筝云眉　风向标是你的安慰
不会轻易后退
选择绝对
你希望的完美
是我们能够向更远处高飞

写于2005-10-11
为高中班主任而作

Find the way

我真的不知道　为什么会看到 ※ 你在我耳边说　见过永恒的梦

你小小手背中央布满了创伤 ※ 里面经常回放一缕缕的哀伤

即便生活无常也要坚强 ※ 都说为了梦想变得坚强

才不会将自我遗忘 ※ 这才是真正的成长

我真的不知道　为什么会迷茫 ※ 我在你耳边说　想哭就快释放

但是仍想寻回已错失的方向 ※ 我会一直笑着守候在你身旁

内心还渴望 ※ 想要靠近你

那最温暖的阳光 ※ 紧握住那双手掌

Find the way

就算是平凡模样

无法触摸美丽的想象

不悲伤　因为真情陪伴身旁

痛苦只是短暂的极光

照亮了时间尽头的希望

路在前方

Find the way

即便言语很平常

难以展开稚嫩的翅膀

也要闯　甩掉狂风让心飞翔

爱是依靠的一种力量

点明了道路前方的光芒

You'll find the way

写于2005-11-3

为中岛美嘉《Find the way》填词

空屋

属于你的放大镜　粘带指纹的痕迹
遗忘在棕色条纹的靠背椅
木制小提琴　封闭了流离
五线乐谱已经被灰尘慢慢抹去
仿佛昨日的曾经　在空气沉浸
墙壁的蚂蚁和地板的脚印
我看清　才看清　无语的凉意　源自你的静寂

呼吸变得冷清清　在蜘蛛线上结成冰
空气里丢失了侦探的气息
我又回忆起　手中的笔记
每件事情好像在刚才匆匆上映
烟斗熄灭掉火星　旧报纸过期

奇异的代理和瘦削的脸型

我的笔　那支笔　书写的过去　曾是你最美的演绎

伦敦弥漫痛苦的雾气　路灯在朦胧中叹息

你的背影被淹没进沉谧的夜里

乌鸦在尖顶悲鸣　空屋里悼念的家具

我寻不到你发现的谜底

涛声冲击无尽的峭壁　唯愿命运能保佑你

案情笔记还重复着熟悉的嗓音

麻雀在街边哭泣　空屋里孤独的自己

仍期盼着归来的冥灵

写于2005-11-6

致夏洛克·福尔摩斯

残思

古道无语瘦马蹄踏悲凄的顿挫
昏鸦啼愁西风滑过那老树孤窝
断肠游旅浪迹尘世的角落
霎时的沉默令光阴也老了许多

天涯过客关睢划断夕阳的颜色
冷席蜷卧淡酒只剩寒蝉陪我喝
黄花凋落尘埃将苦涩埋没
那沧桑石刻留下了亘古的诉说

蚕丝缠住叶 ※ 残思缠住夜
桑榆已晚的难过 ※ 今宵酒醒的难过
梧桐散入风 ※ 无同散入风

一种凉意哪里躲 ※ 一种愁绪哪里躲

流光宛若　惆怅银河
逝者如斯谁的错
鸿雁信过　伊人笔墨
暗香哽咽我

橘子洲头　晚霞染透
霜林醉了的时候
西风紧迫　离人泪落
花瓣
是我葬下的寂寞

写于2005-11-18

银杏

淡黄色初恋　银杏飘舞秋天
回忆寄还信件　装满温馨的童年
相遇仿佛昨天　毛茸茸的从前
明信片上可爱字眼　叙述着临行留言

约定好地点　十年以后相见
夕阳沉落之前　必须猜透的谜面
单纯粉饰心愿　假如我没出现
你决定每过十年　守护同一地叶片

思念随着苍老皱纹又添加一线
我的头发白了
心却没有丝毫改变

找寻的轨迹在光阴列车上不停更迭
今天终于盼到期望的画面

银杏世界　美化熟悉情结
秋风吹落的是我深深思念
棕咖啡发线　令人温暖的语言
初恋水粉色我依旧喜欢

银杏铺遍　堆积厚厚时间
秋色渲染树下等候的笑脸
光阴冲淡遗憾　承诺珍藏永远
下次相见不需要再等十年

写于2005-12-8

取材于名侦探柯南《博士的初恋》

希腊传说

世界被雾霭淹没宙斯劈断了浑噩
伯罗奔尼撒唤醒沉睡千年的寂寞
天地凝结冰雪融汇爱情之河
清澈净化心灵水波感动我

卫城大理圆柱环绕智慧女神石刻
普罗米修斯偷盗天界禁忌的圣火
奥林匹斯山顶众神酒杯翻落
人间普降甘霖湿润了荒漠

特洛伊故事诉说　贪恋美色的后果
雅典娜却嘲笑我　无法抵拒那诱惑
亘古爱情仿佛潘多拉魔盒

不知道里面是金色还是有毒的苹果

爱琴海掀起微波　白浪翻滚上山坡
克里特迷宫恶魔　守护你采的花朵
六弦琴谁在弹拨　安抚愤怒波塞冬
潮水将半岛击破　零落成银河中爱神的星座

月桂树飘香夜色　桂冠献给阿波罗
大剧场露天陈设　有我告白的演说
橄榄枝编成手镯　圈围丘比特箭筒
那传说留下你我
被珍藏在史诗的角落

写于2005-12-22

甲子园

拼命训练　向往能够来甲子园　挥洒热汗　争取到一张入场券

有机会表演　摄影机全部照这边　要对手看见　谁是最有价值队员

梦想理想　绝不是幻想　我想他想　可以拿金色奖

灯光目光　打向场中央　期望渴望　击破所有迷茫

防守战术　运用自如非常得当　快速封杀　用心感受来球方向

传递着默契　目标半分钟清场　站投手丘上　三振出局没有商量

喜悦跳跃　下一步飞跃　理解团结　甲子园的季节

崇尚高尚　自信者至上　花浪人浪　队友共同分享

手套油蜡飘散香　欢呼声漫天飞扬

压低球帽执着眼光　决定要选择坚强

胜利是一种信仰　呐喊将青春释放

用力挥动白色球棒　让全世界为我鼓掌

进攻超爽　安打是无敌的强项　轻松微笑　绕场一周相机闪光

三号位传跑　计算分数必须用秒　身侧滑尘扬　精彩镜头即刻重放

力量能量　男子汉较量　球箱药箱　终年陪伴身旁

线上垒上　奋斗的地方　球场战场　其实都一样

手套油蜡飘散香　欢呼声漫天飞扬

压低球帽执着眼光　决定要选择坚强

胜利是一种信仰　呐喊将青春释放

用力挥动白色球棒　让全世界为我鼓掌

写于2005-12-27

侧耳之间

2006

约翰的农场

土地孕育嫩种埋藏希望
云朵用细雨滋润约翰的农场
麦田草地舞动金秋的旋律
喜悦被收割后满满装入粮仓

约翰独自发呆微笑怅望
北边三英里布置一新的教堂
婚礼日期倒数着一种紧张
禁不住又想起他的美丽新娘

牧羊犬散布山谷为幸福吠叫
约翰的生活会变得愈加美好
弹奏心爱木吉他哼唱歌谣

温柔晚风和音吹响小号

约翰的小农场　快乐在风中飘香
葡萄藤上紫色成行
牛群慵懒地晒着太阳
这惬意篇章
是劳动绘就的天堂

约翰的小农场　幸福在田间生长
苹果树上红色闪光
鹅群安闲地扑打翅膀
那平凡时光
也能够结出大大的梦想

写于2006-1-13

离别海

古方石码头 ※ 凝望你挥手
白浪敲击船首 ※ 心随水波颤抖
甲板渗透 ※ 潮汐涌动
一丝难受 ※ 一种借口

离别布满忧愁 ※ 眼泪溅湿孤舟
爱似海市蜃楼 ※ 海浪劝我回头
转瞬即逝 ※ 踌躇是否
无力挽留 ※ 需要理由

无知的风牵着帆走
樱花舞动让面孔朦胧
熟悉的港口　陌生的海鸥

还有最挂念的守候

深邃伤痛　寂寞水手读懂
融化的温柔　在海水之中倒流
渐渐远的沙洲　雾霭模糊身后
灯塔问我还要离开多久

阴霾沉重　孤单如何承受
在漩涡里头　寻找着你的眼眸
云和风的邂逅　一瞬间就飘走
海岸线尽头
你我方向不同

写于2006-1-17

尼罗河

红海哭伤泪腺
峡湾沉溺疲倦
胡夫金字塔中间
尘封着古老眷恋

睁开陌生双眼
重返尼罗神殿
象形铭文依旧明显
河水却早已不甜

谁吟唱底比斯诗篇
说爱可以穿越千年
那漫长对我而言　却只是短暂瞬间

尼罗河岸边　赤色沙漠成片

流淌的神话结尾会不会是永远

泥沙缓缓沉淀

浑浊了往昔画面

等候究竟需要轮回几圈

黄昏覆盖水面　映现寂寞容颜

尼罗河是否发源于我们的从前

落潮以后看见

留在石板的诺言

刻着谁也无法干涸时间

写于2006-1-23

Rainbow

木质摇椅慵懒摆动的午后

青草茶香浓　甜蜜的味道嗅得懂

广播里头情歌曲调蛮上口

手指在叩动　恋人的节奏很自由

雨后　你是我最美的彩虹

沉重的天空　因为你的笑容而不同

让我们手拉着手　感受清爽的风

看着梦 over the rainbow

幸福季节的感动　唤醒一种温柔

用相互陪伴跨越未知的彩虹

木吉他琴弦为谁展现苍老的歌喉
白云被穿透　音符七色线上游走
把新的感觉满满装入了信封
在绿邮箱中　会找到你想的拥有

以后　你做我最美的彩虹
人生变得轻松　快乐来自你给的笑容

让我们十指紧扣　像鸟儿般遨游
相信爱 over the rainbow
时光留住了镜头　永不改变的厮守
两个人绘就一道完美的彩虹

写于2006-2-6
为ROUND TABLE《Rainbow》填词

伊人

星尘　抹拭淡淡的黄昏
伊人　她在桂树下面转身
扪心自问　爱到底有多深
我甘愿这样沉沦

重温　定情手帕的花纹
完美　源自她手中的银针
夜萤纷纷　纵然酒已丢了温
我的爱却不会冷

是谁推开缘分的门
焚香熏干苍老泪痕
毛笔没有时间追问

轻描着我永世爱的魂

春风柔顺　采撷花季赠予我的伊人
夏雨虹雯　折断柳枝感动我的伊人
心饱含温存　梦见的不过一个眼神
光阴痴情为谁　竟在刹那间停顿

秋月无痕　拾取枫叶想念我的伊人
冬雪晶纯　剪摘红梅靓丽我的伊人
心相距几寸　唯有爱能够丈量得准
繁华三千弱水
我只留恋伊人的红尘

写于2006-2-11

爱的随想曲

学着肖邦弹奏钢琴　自由写爱情
五线谱在夜空飞行　音符是繁星
键盘上面黑白精灵　像着墨的笔
运用自如的切分音　修饰了甜蜜

月光似雨涂上银漆　白色的外衣
你的皎洁就连晚风　都暗暗妒忌
情不自禁即兴弹起　你的主题曲
我享受地哼唱回忆　敲击着美丽

在莫扎特协奏曲三乐章第二小节
你的笑靥成为交响诗中绚丽的风景
手指不停游走在飘着爱的季节

施特劳斯谱的重音　也没有你的呼吸好听

我安静赏析　你的脸型　充满了魔力
反复记号　标志爱你　C调的惬意
用心感应　你的气息　梦渐渐透明
所有思绪　全部融进　爱的随想曲

我专注聆听　你的声音　漂亮的押韵
休止符号　永不会提　D调的华丽
无法忘记　你的眼睛　好想去珍惜
琴声响起　爱的词句
你做我今生最美的旋律

写于2006-3-21

蝴蝶兰

阳光洒向　河滨公园　水波泛漪涟
倒影映现　你的照片　笑容很春天
石板步道　脚印凹陷　深沉的依恋
草香飘遍　一阵晕眩　你让空气变甜

看雨过又晴天　蒲公英缓缓摇曳
那晶莹的喷泉　溅湿突来的喜悦
蝴蝶兰系红线
赠予你我所有的祝愿

寻觅永远　我发现爱满人间
又是一度月圆
东风附着光阴将梦裁剪

几回辗转

只恨自己才分太浅

找不出恰当字眼

形容你那张无瑕的脸

残葩数片　蝴蝶兰修饰春天

幸福故事重演

柳絮携着感言随爱飞遍

几回铺笺

思念被悄然沉淀

诗文韵脚流溯时间

你在我生命最美的章节出现

写于2006-5-13

萨瓦那

破晓　草原在破晓　莫名的萦绕　腐朽木图腾嵌刻谁的记号
味道　荒野的味道　陌生了尖叫　原始落叶林深藏恐惧轻摇

在失去王的国度　不断地反复　寻找遗落的文明地图
沉默千年的大陆　因为我的脚步　逐渐加快颤动速度

静谧的愤怒　扬起棕色砾土　回卷着幼小的我的无助
孤独　伴随信风吹入山谷　轻抚着那被痛苦践踏过的父的坟墓
对谁去哭诉　向星云求助　我在乞力马扎罗山脚踱步
把卑微驱除　心抛开盲目　什么时候才能成为草原的霸主

由地平线袭来的白雾　模糊路途
昨日的温度压抑着从赞比西河源头注入

倒影在水面沉浮　将畏惧放逐　我的姓名被王的历史记录

现在——　开始——
祈祝——

风萧萧地骂我太轻狂
草原法则说弱无法胜强
用疾速奔跑抵达至高无上
大裂谷横亘　也不能够阻挡

阳光洒落指清楚方向
维多利亚湖洗净了创伤
用坚定脚步迈跃石台顶上
草原在回荡　怒吼着我是万兽之王

夕照　草原的夕照　苍穹被燃烧　金黄色鬣毛抚摸着嘴角
咆哮　狂风在咆哮　熟悉的寂寥　萨瓦那歌谣为我披上王者战袍

在失去王的国度　不断地反复　寻找遗落的文明地图
沉默千年的大陆　因为我的脚步　逐渐加快颤动速度

图古里瀑布　骤然下落的幕　平息了岩石呼吸的急促

踌躇　眼神透露出几分自负　夜流星划破天际彗尾牵着一道孤独

静默的山麓　谁雕刻起伏　在东非高原上留下的感悟

看奇迹复苏　击破了桎梏　告别残忍用爪印宣告世界肃穆

由地平线袭来的白雾　模糊路途

昨日的温度压抑着从赞比西河源头注入

倒影在水面沉浮　将畏惧放逐　我的姓名被王的历史记录

现在——　开始——

祈祝——

风萧萧地骂我太轻狂

草原法则说弱无法胜强

用疾速奔跑抵达至高无上

大裂谷横亘　也不能够阻挡

阳光洒落指清楚方向

维多利亚湖洗净了创伤

用坚定脚步迈跃石台顶上

草原在回荡　怒吼着我是万兽之王

写于2006-5-20

取材于动画电影《狮子王》

蒲公英

到现在才学会留恋熟悉的校园
多希望开迟的紫蔷薇可以瞬间鲜艳
才知道为什么粉笔总想涂白整个世界
谁在黑板画圈　谁在累牍连篇
我试着细心地将回忆重新拾捡

到现在才学会珍惜单调的声线
多希望香浓的薰衣草可以熏留时间
才明白为什么考卷总想淹没所有一切
谁在操场跑圈　谁在扮着鬼脸
那曲三年二班乒乒乓乓地将日历轻掀

柳絮满天的季节　铃声也懂得哽咽

墙角边的蒲公英还在静静地摇曳
不知不觉　风渐渐烈
真的不愿向这段曾经告别

我们仿佛蒲公英随光阴渐变
白色绒毛是美丽而成熟的笑脸
六月的风残忍吹遍　忽然就要面对再见
才发现过往画面沉积心间　已厚厚一片

我们仿佛蒲公英轻飘向蓝天
追逐阳光会勇敢并坚定着路线
海角天涯无论多远　心中的根留在这边
那温暖来自从前　带到明天　是永不消减的眷念

写于2006-5-26

南国红豆

春姗姗来　北国燕归乡几只
泪轻轻拭　隔夜黄鹂笑我痴
手提破碎的矜持　离开有你的位置
山雨将别绪留在三生石

风翩翩去　江南红豆生几枝
梦渐渐逝　回味淡香的胭脂
想珍藏旧时墨渍　突然断笔的故事
落日却耳语说我太自私

漆白宣纸　渴望你的影子
朝花不再　重逢又待何时
谁用爱提炼出楷体小字

谁用字组合成无言律诗

红豆生发在熟悉的南国
雾惹祸　渗透温柔的失落
楼阁含蓄着深情的匾额
困惑　刹那间虚度春秋几多

红豆生发在远去的南国
雨飘落　似曾相识的寂寞
砚河逶迤着从水乡走过
蹉跎　是不是相思犯下的过错

写于2006-7-20

听到涛声

听到涛声响起
仿佛触摸那段过去
风吹得很安静
让我想你

听到涛声响起
仿佛融进海水的气息
浪敲得很动听
还是感觉喜欢你

往事已变迁　成熟了天真的容颜
回忆被留恋　思绪停步在昨天
海水边　涛声遍

不经意间体味永远

听到涛声响起
仿佛触摸那段过去
风吹得很安静
让我想你

听到涛声响起
仿佛掀开青涩的日记
岁月童话渗透着美丽
还是感觉　喜欢的人
是你

写于2006-8-6
为坂本洋子《海になれたら》填词

妈妈的稻田

悠然的曲线　农家画面
田垄边　青蛙叫夏天
回忆被重掀　妈妈的手
牵着我走过
一方方青稻田

袅袅的炊烟　岁月容颜
锄在肩　水牛犁着田
妈妈额头汗　照亮笑脸
告诉我劳作
可以孕育明天

泥巴湿脚面

慈祥撒播心愿
妈妈的脸
倒映在沾有红浮萍的水面

野菊草成片
秧苗谱写时间
灌溉永远
点滴润泽了妈妈的稻田

妈妈的稻田好长好长
妈妈的心田好远好远
妈妈的稻米好香好香
妈妈的慈爱好甜好甜

焦林落叶片　诗化乡间
田垄边　金色饰秋天
回忆被留言　妈妈的眼
看着我走过
一方方黄稻田

粼粼的光环　编织花毯
紫茎蓝　藏匿短尾鳝

妈妈收割爱　辛勤无言
我宛若幼苗
插满她的心田

喜悦的丰年
成熟河堰梯田
沟渠水线
像皱纹伴随夜杨年轮增添

稻米香散遍
收获粒粒思念
温馨童年
安静生长在妈妈的稻田

妈妈的稻田好长好长
妈妈的心田好远好远
妈妈的稻米好香好香
妈妈的慈爱好甜好甜

写于2006-9-19

献给全世界的妈妈

如梦

一宗书卷　一尾字眼
一节诗篇　一枕思念
我将沾尘的梦翻遍　却读不懂依恋

一轴画卷　一点墨线
一缕山川　一水缠绵
我将微凉的梦饮干　却醉不醒时间

萧瑟红晕风如梦
雾里看花人不见

乌墨云（冷冷）
花瓣雨（清清）

寂寞浇透心（凄凄惨惨戚戚）
初秋影（乍暖）
西风劲（还寒节气）
爱最难将息（三杯两盏淡酒怎敌）

晚来音（风急）
雁归去（伤心）
满地黄堆积（却是旧时相识）
梧桐泣（细雨）
黄昏近（点点滴滴）
怎个愁字了得
如梦一般地爱你

写于2006-9-29
取材于李清照《声声慢》

巴黎琴师

有轨电车上　看着窗　法国梧桐飘扬油彩景象
身旁　棕黑硬皮箱　藏着我装裱过的肖像
微微发黄　一丝琥珀香

终点站协和广场
散步花岗岩铺成的小巷
无人酒馆木门摇晃
我在圆桌旁沉想　香槟一杯微凉
谁　轻拍我肩膀
转身望　老琴师安慰惆怅
邀我听他弹一曲　抚平忧伤

古铜色钢琴哼唱浪漫夜曲

在哥特式建筑旁飞行
音符随风钻进圣母院大厅
为我祈求爱情
巴黎琴师敲击回忆
温馨紫蔷薇的气息
他为我将爱的赋格曲演化成繁星

古铜色钢琴哼唱浪漫夜曲
在罗马式建筑间穿行
音符随风缓落卢浮宫展厅
为我寻觅爱情
巴黎琴师弹奏记忆
温暖香榭丽舍长椅
他代我将爱的咏叹调完美演绎

金色铜铃响　香水坊　塞纳河上情侣轻划船桨
回想　深爱的脸庞　嗅着我采摘的郁金香
眼泛泪光　我远离家乡

广场上露天画廊
散步七叶树陪衬的小巷
无人酒馆沉浸月光

我在吧台旁欣赏　香槟半杯微凉
谁　将感悟分享
抬头望　老琴师微笑弹唱
邀我听他弹一曲　流连希望

古铜色钢琴哼唱浪漫夜曲
在哥特式建筑旁飞行
音符随风钻进圣母院大厅
为我祈求爱情
巴黎琴师敲击回忆
温馨紫蔷薇的气息
他为我将爱的赋格曲演化成繁星

古铜色钢琴哼唱浪漫夜曲
在罗马式建筑间穿行
音符随风缓落卢浮宫展厅
为我寻觅爱情
巴黎琴师弹奏记忆
温暖香榭丽舍长椅
他代我将爱的咏叹调完美演绎

写于2006-11-4

渐入夜

浊酒饮一杯　花落雨成泪
黄昏深处风渐黑
我曾爱过谁
夜近残阳美　梦醒心已醉
晚虹浸墨人憔悴
相思破碎

秋去风自北　冬来雁何归
叶温尚存却纷飞
暗黄满地堆
旧诗独寻味　潦草字含悲
爱似寂寞东流水
我追不回

我看着思念渐入夜
提笔伤感最难写
话离别
话语哽咽
我将时间咀嚼

我看着思念化墨蝶
染黑缠绵的岁月
爱意灭
爱意凋谢
曾经厮守的一切
渐入夜

写于2006-11-9

爱很暖

遇见相见 ※ 擦肩并肩

思恋留恋 ※ 想念惦念

时间无言 ※ 时间考验

牵连思念的红线 ※ 遥远思念的终点

沉默冷漠 ※ 错过如果

淹没寂寞 ※ 路过结果

花语一朵两朵 ※ 流星一颗两颗

飘进了你的感情旋涡 ※ 钻进了我的感情旋涡

安静地诉说 ※ 安静地诉说

代我许下承诺 ※ 为你实现承诺

大声地喊

爱的暖　爱很暖

爱的暖　爱很暖

选择了你告别遗憾

我多想留你在我身畔

快乐地喊

爱的暖　爱很暖

爱的暖　爱很暖

真的因为有你才勇敢

用真心温暖你的冷淡

是我最美的浪漫

写于2006-11-16

为井上杏美《となりのトトロ》填词

海燕

在碧蓝天
无言看见
海燕展翅飞远
我想问它
尽头哪边
到底有没有终点

在沙滩边
突然听见
海燕啼鸣一遍
它告诉我
勇敢向前
生命需要挫折考验

海燕飞翔　在蓝色汪洋
穿越暴风雨　沉默着坚强
不畏惧骇浪　水平线泛光
爱是我永远依赖的翅膀

谧蓝汪洋　海燕在翱翔
飞越沙洲岸　坚定着方向
不害怕彷徨　梦为我指航
甩掉迷惘
追寻幸福的天堂

写于2006-11-22

外婆桥

安安静静的小村庄
旧旧木拱桥旁
外婆静静地
坐在我爬过的柳树下乘凉
听啊
蝉在叫
“知了知了”
外婆甜甜的微笑
整个夏天都知道

泛黄老照片飘散岁月的味道
光阴在外婆额头留下了苍老
幼年的我曾经调皮撒娇

稚气的我曾经让她烦恼
长大以后我才慢慢学到
外婆月牙状的嘴角
是一辈子珍藏的财宝

摇啊摇到外婆桥　谁在耳边唱
风儿吹拂河边草　随时光荡漾
我像树苗渐渐高　茁壮地成长
外婆将爱慢慢浇　守候在身旁

摇啊摇到外婆桥　谁在梦里唱
回忆缓缓地发酵　酝酿一种香
外婆安闲睡着觉　藤椅不停晃
梦中露出一丝笑　最美的慈祥

我总会想我亲爱的外婆
因为她永远为我骄傲
无论成绩如何糟糕　都会鼓励我说
“做得很好”

她最喜欢看着外孙们玩玩闹闹
每当拿起家人的相片　就会不经意地微笑

所以我知道　她能健康快乐长寿是天赐的美好
每当在她身旁　我要作她前行的拐杖
不在她的身旁　我要作她快乐的力量

好想好想　为她放响鞭炮
很想很想　为她煮锅水饺
要让她亲口品尝我们付出的孝
但不管我们付出多少多少
那座外婆桥太高太好
我们用一生也无法回报

摇啊摇到外婆桥　谁在耳边唱
风儿吹拂河边草　随时光荡漾
我像树苗渐渐高　茁壮地成长
外婆将爱慢慢浇　守候在身旁

摇啊摇到外婆桥　谁在梦里唱
回忆缓缓地发酵　酝酿一种香
外婆安闲睡着觉　藤椅不停晃
梦中露出一丝笑　最美的慈祥

写于2006-12-5

赠予全天下的外婆

侧耳之间

2007

詹姆船长

棕黄色日记覆着的灰尘叫曾经
手写拉丁字母残留着潦草气息
春夏秋冬的记忆在字里行间更替
被时光过滤的雨季

北极星悬挂天际定向了六分仪
波涛昼升夜降把遗憾冲洗干净
日月星辰的轨迹像水痕带着诗意
被时光美化的节气

我转身　从前已悄然远走
人生路口　脚印都无法退后
他点头　教我珍惜分秒的感动

海水不会倒流

詹姆船长的日记将光阴升华成黎明
滚动的片段缓缓放映
谁不曾年轻　谁不会老去
表针总是迫不及待追赶自己

詹姆船长的日记把夕阳浸染为词句
湿润的海风吹拂宁静
谁可以忘记　谁能够放弃
所有被珍藏的过去才值得回忆

写于2007-1-3

见与不见

思念在海边　无情地蔓延
梦像是风筝线　断了以后该怎么连
珍藏的语言　酝酿好几遍
没有你的笑脸　爱在心间也不甜

曾经书写的序言
被时间轻轻地掀
突然间　这一页
只剩下没勇气见面

遇见或是说再见　一切都随缘
相见或是说不见　我心甘情愿

思念在沙滩　无情地扩散
爱像是水平线　潮涨不见该怎么恋
美丽的从前　回忆好几遍
没有你的笑脸　泪在嘴边化成咸

遇见或是说再见　一切都随缘
相见或是说不见　我心甘情愿

思念在海边　无情地蔓延
梦像是风筝线　断了以后该怎么连
珍藏的语言　酝酿好几遍
没有你的笑脸　爱在心间也不甜

写于2007-1-31

为井上杏美《君をのせて》填词

洛杉矶档案

摆钟摇响24点　惊醒了我
窗外路灯倾洒　一缕潮湿的寂寞
意大利歌剧还在黑白双色中重播
散落的报纸铅印着杂乱无章的困惑

混沌的犯罪气息　随冥涩晚风压抑
绘着苍老皱纹的雨衣仍旧残留睡意
黄铜钥匙转动开启　玛莎拉蒂1500
沾满淤泥的后视镜
仿佛抽象的西班牙风景

叼起挚爱的廉价雪茄托斯卡诺
消失生命火光的烟灰缓缓下落

手边安静地散着咖啡的蛊惑
搅拌出浓稠的旋涡　溶化了对面的缄默

在洛杉矶的港口角落
子弹穿梭淡黄昏色
斑驳警章映射曙光一抹
时针滑过　晚霞凋落

霓虹的光晕不停闪烁
繁华背后掩藏线索
自负笑容解读所有疑惑
瞬间识破　颤抖罪恶

写于2007-3-8，改于2022-8-22
部分取材于《神探科伦坡》

落雨声

雨弹在朱墙　滴溅一眼凉
我吹灭烛光　夜偎依身旁
风轻声合上　装过你的窗
熟悉的胭脂香　陌生地离场

菊花已泛黄　凋谢一瓣香
我推开过往　淋湿了悲怆
你悄然背向　任泪雨成行
愁绪在水中央　散出几轮伤

离别冲淡夜
沉默了语言
枫叶又梦见繁茂从前

寂寞挂屋檐

随雨流成帘

残留嘴边的思念

若隐若现

心拉断胡弦

落雨声满天

岁月突然间褪色明显

往事化云烟

敌不过时间

沉默湿透了画面

谁来分辨

写于2007-3-23

一个人的味道

街旁

路灯的心房散着琥珀色光芒

空荡荡圆广场　残留些感伤

蕨草被遗忘在孤单砌成的墙

墨绿的苔香　缠绕住过往

手掌

纹路的曲线爱情区间处断档

池塘边的愿望　风与我分享

榆树叶彷徨在孤零零的方向

独自说坚强　漆黑夜流浪

雨点随风飘　伞已经用不着

泪痕睡在嘴角　还有一点潮

目光仍寻找　记忆列车的轨道

让感觉退回到

一个人的喧嚣

流年未苍老　水仙依旧含苞

思念扮演依靠　将寂寞拥抱

陌生了步调　脚印留恋着心跳

一个人的季节

仿佛最适合微笑

柠檬茶的气泡　一个人的味道

写于2007-5-31

酒旗下

南朝余韵在姑苏城外留住丹青风　瓦砾屋檐下藏着年迈的算命书生

“先生　一卦签要用多少红尘来等”

他默不作声　指向断桥旁酒旗的灯

酒香牵着我跨过门槛寻空桌长凳　碧螺春浸泡青杏在手掌中渐渐变冷

“小二　几文钱可以买下混沌的梦”

他笑不应声　端来一坛陈酿女儿红

爱随花开花落让轮回刻下伤口

你的红颜让我沉醉到何时方休

一盏离愁

生怕半杯独饮不够

一壶淡酒

世间华发鬓开头

爱随春去秋来是流年写的问候

你的浅笑让我哑然竟忘了开口

一盅温柔

心与时间最难去偷

一饮入喉

意象在我的笔中藏着头

梅雨时节在曲巷墙头淡描了许久　醉意阑珊间唯有相思清醒依旧

“酒家　油纸伞缘何停在红檀门口”

他俯首答说　青衣的她一直在默默等我

写于2007-7-1

夏之幻

窗台上猫咪踱步着直线
童话蓝花盆里谁种下的时间
阳光透过玻璃镜面折射成魔幻诗篇
彩虹色的语言

麻雀冒着傻气斗嘴了解
屋檐瓦片上是谁喜欢的感觉
粉色镜框装裱笑脸棉花糖般的爱恋
你让空气充满黏嘴的新鲜

白云停留在蓝天　斑斓了我的想念
夏风散步耳边　弥漫阿尔卑斯山的牛奶甜
篱笆上面　牵牛花铺开一片

油彩画面　谁的笔尖　绘出的线

阳光缓缓地倾泻　雨停在谁的世界
七彩虹悬挂云间　灿烂了梦幻的夏天
风作柳絮的鞋　踩在鹅卵石的街
羽白绒色脚印堆叠着我爱的一切

树叶嫩绿着了解　爱停在谁的季节
信笺附一朵玫瑰　诠释我的第六感觉
我用韵脚来写　填满幸福的空缺
仲夏回忆幻化了一切
心跳只对你的微笑有感觉

写于2007-8-29

为GARNET CROW《夏の幻》填词

迷失

帆
朝向海湾
桅杆把夕阳切断
遗憾
牵着涛声扩散
目光却触不到彼岸

蓝
涌向沙滩
渲染碎礁的孤单
花瓣
在时间边缘打转
凋谢脆弱的不安

潮湿渗透无人的甲板

木轮盘

盲目地旋转

海浪溅起一段又一段

贝壳中藏匿的孤单

海藻缠绕咸味被冲淡

紫罗兰

枯萎后风干

寂寞是尚未成熟的浪漫

爱是迷失方向的船

写于2007-11-20

英伦印象

梦　停放在维多利亚广场
风掠过保罗喷泉旁　黑白大理石步道上
演奏E调的随想　卷起鸢尾花香
夜　弥漫雾都中世纪的走廊
威斯敏斯特教堂　彩绘玻璃的窗
远远眺望　摇晃　吊灯的烛光
牛津大街边的老皮鞋匠
浓重的威尔士腔　烟卷的味道很呛

苏格兰场门外亨利四世的雕像
黯淡的铜光　有种凄凉　叫作遗忘
希腊数字在大本钟盘面被拉长
表针转动的轨迹是深沉的形状

仰望　哥特体的悲伤　是浪漫过后的沧桑

不列颠的阳光　透过雾霭洒泰晤士河上

伦敦塔桥在晃　细雨模糊眼泪中的影像

狄更斯的诗章　十四句行是古典的忧伤

日落的惆怅　夕阳渲染琥珀色的想象

爱丁堡的砖墙　堆砌曾经被发生的辉煌

北海沙鸥在唱　海风朦胧苏格兰的极光

方尖碑的纹章　嵌刻莎士比亚式的感伤

日落时的彷徨　是英伦的印象

写于2007-12-6

兮

隔夜黄鹂　桂枝轻啼　雨声平仄起
岭南画意　瘦红肥绿　风如燕子尾
芭蕉露粒　皎洁欲滴　朦胧了花期
楚辞章句　私藏袖底　线装的飘逸

泉腾雾气　薄如蝉翼　暧昧了笑意
芙蓉玉立　花开无忌　蕊染胭脂蜜
竹青长笛　音色细腻　曲如杏花溪
婵娟代寄　辞藻送伊　迟到的美丽

后皇嘉树　橘来服兮
受命不迁　生南国兮
心似维橘　深固难徙

扎在伊的泥

墨砚无声言语　沾湿狼毫笔
婉约的青梅雨　催开墙角紫荆
楚辞韵旋律　弦转宫商角徵羽
琵琶轻拈声复起　冥冥兮扬抑

紫砂浸泡茉莉　壶壁书楚语
茶意袅袅升起　晕开湘南薛荔
离骚藏词句　是竖排版的回忆
宣纸裹淡妆伏笔
爱最美不过一个兮

写于2007-12-19

部分取材于屈原《橘颂》

侧耳之间

2008

忆江南

杏花雨在绿芭蕉上轻弹
惹尘的油纸伞收合一半
玻璃瓦剪不断洒落的遗憾
个人看　一个人的江南

烟雨在断桥畔堆砌一团
青石板的词段夕照金山
落霞与孤鹜齐飞时的灿烂
一个人转　一个人的江南

蓝　提炼成诗的委婉　老去的乌篷船
陈年楷书墨香扩散　写在春联的平安
九曲回转的弄堂巷弯　留住了谁为难

燕子坞　回廊处　净心亭　红檀柱
刻着几句属于唐初的孤独

雨听风　湿意染槅窗雕花板
青花瓷　旧茶碗　余香弥漫
折子戏　唱一段　红颜扮花旦
马褂褶皱上酒迹未干

风吹雨　花香散　一缕烟尘断
莲花扇　墨迹乱　灯火阑珊
君子兰　凋花瓣　杨柳西湖岸
谁寄来的孤单　是那么的好看

写于2008-3-4

自由空间

一个人　需要安静的时间　去给脑半球充电

两个人　需要恰当的光线　空气才暧昧发甜

几个人　需要同步的画面　来寻找平行线的交点

每个人　都需要自由的空间

一个人　独坐吧台的彼端　能试着享受孤单

两个人　屏蔽干扰的波段　温习独家的浪漫

几个人　品尝酒精的突然　才能够无伪装的狂欢

每个人　都选择独到的喜欢

音乐的格调必须不一般

才适合添加语言的渲染

你所带来的伤感和为难

我会细心调配成快乐的答案

当你需要新鲜　催发心情改变
我会给你自由的空间
当你需要平添　提纯后的清闲
冲一杯冷咖啡凉爽你的夏天

当你需要发现　爱情专属笑脸
我会给你系条红色线
当你需要了解　所经历的一切
热牛奶的味道发酵出另一种感觉

写于2008-4-16

为同名咖啡店所作

聚焦

欧罗巴歌谣耳语着蜜月一般的味道
意大利师匠的彩绘描在威尼斯水桥
波罗的海拥抱斯堪的纳维亚半岛
那形状格外巧妙　像幸福咬掉一角

海风附着天鹅羽毛从荷兰飞到汉堡
罗曼蒂克线条刻在维也纳广场浮雕
莱茵河静悄悄流溯教堂晚钟情调
你在我肩膀睡着　像安静的波斯猫

无论是法兰西葡萄酒还是英伦格调
都很适合作背景点缀你自信的骄傲
郁金香　紫蔷薇　加上一点薰衣草

绽放了你的微笑

我手持相机开始不停地拍照
指端的快门键定格我最爱的睫毛
在阿姆斯特丹的风车大道
我喜欢的造型你都摆得惟妙惟肖

我轻调镜头开始尽情地拍照
闪光灯的炫耀灿烂我最爱的微笑
在蓝色多瑙河的玫瑰大桥
穿越层层喧嚣
我的爱也能够准确对你聚焦

写于2008-5-26

莘子缘

原汁原味的缘分发酵了莘莘书屋
时间在插图褪色是为你收集的幸福
泛黄页目沉酿着许多被勾勒的领悟
字里行间拼凑出一幅成长蓝图

真心真意的珍惜萦绕在莘莘书屋
标注被指纹模糊是为你筛选的幸福
摆满书架的温馨记录了简单的付出
用笑容构筑着缘分天空

莎翁的剧目　排列后的拉丁字母
散文的脉络　故事还在讲述
思路被凝固　当视线慢慢停驻

你总会寻觅到一本专属的特殊

手掀一页牵着缘分轻轻地舞
生活像书是一种独家的态度
扉页间的附注　来自不同心的交互
是被铅印后用爱排版而成的祝福

人生的书不可以翻得太仓促
放缓脚步欢迎进入莘莘书屋
封面上的温度　源于一份爱的呵护
是精心准备好的缘分
只等你来读

写于2008-6-2
为同名书店所作

短路

驶过的轻轨列车
留着咖啡色广告的寂寞
车窗倒映出的沉默
凝望月台上一个人的我

雨点嘲笑着掉落
沾湿的照片已经从中对折
回忆被时间上了锁
找不到的钥匙叫作结果

脚印孤单后的脆弱
显得自己太过懦弱
红绿灯的路口　我该往哪走

呼啸而过的摩托　拽着风声的蛊惑
我却怎么　逃也逃不脱

为什么　时间总是不相信如果
所以才没有　突然间拉住你冷的双手
短路以后的电波　失去你给的快乐
我才懂得和你的爱早已没有瓜葛

为什么　时间总是留不住承诺
所以才没有　把伤害当作你走的借口
眼睁睁地看着我　承受你给的寂寞
当回忆开始剥落　才学会难过

写于2008-7-13

天涯海角

苏格兰　迷雾笼罩半岛
极光缥缈着对焦　沼泽边情人草
乡间的甬道　守护伊莲多娜古堡
谁在悬崖观潮　谁在谁的肩膀睡着

风花雪　飘落星尘预兆
格伦科峡谷线条　编制一种寂寥
红色电话亭　银质的硬币被苍老
谁的眼泪萦绕　谁为谁的爱坠入海啸

高地石楠围绕　圈成格子花裙一角
静悄悄的味道　在罗蒙德湖畔发酵
蒸汽机车轨道　甩掉的烟柱叫作依靠

中世纪浮雕　褪色在爱情诗篇的页脚

我独自寻找　往遥远的斯凯岛
码头边的珊瑚礁　迎着破浪在微笑
天籁的转角　回响亘古的歌谣
苏格兰风笛曲调　忧郁得让心发潮

谁陪我寻找　海岸线的斯凯岛
灯塔指引黄昏晓　寒暖流开始相交
光阴故事回倒　刻在胶片右上角的记号
你总会被找到
爱不需要　天涯海角

写于2008-8-20

省略

身影被月光拉长　走在寂寞的小巷
秋风掠过栅栏旁　凋落的昏黄
路过涂鸦后的墙　杂乱无章的想象
谁的手放琴键上　沉浸着弹唱

失去灯光的书房　打开沾尘的橱窗
照片贴封皮中央　模糊了感伤
沉默是一种立场　不需要时间酝酿
该怎样习惯独自遗忘

漆黑宣泄的街
飘零谁喜欢的夜
掌心残存的余温无防备地冷却

落叶尝试去了解
却枯萎所有感觉
我向你句末的省略作了妥协

爱过然后失去　是一种必需
那些默契词句　开始过滤
变成舞台剧尾声的花絮

爱过然后略去　是一种必须
从空虚退到新的空虚
回忆写下了终于　最后你选择离去
不是插曲　而是结局

写于2008-10-14

静夜思

夕阳余晖落尽后　窗外夜已透
月色满楼　屋檐如钩
霜染伊人手
谁的节奏　在轻筝上游走
琴弦动　似水流
如你淡妆的含羞

小园海棠暗香透　随风沾衣袖
七言句读　墨迹清秀
月色代我修
蓦然回首　灯火因你而瘦
紫夜中　思念重
一抹浅笑的轻柔

时间斑驳几重秋　北雁南飞走　我为谁而留

弱水三千　贪恋你的眸

月满风高潇湘旧

打捞一泓秋

夜半无语更清幽

婵娟寄情窦

几颗红豆胭脂绣

系作相思扣

温柔酿成一壶酒

千年以后　也只等你来嗅

写于2008-11-27

侧耳之间

2009

声声慢

云淡　风凉　故园长廊

巷弯　弄堂　独自徜徉

雁南梧桐叶渐黄　青苔斑驳了过往

守着窗　亭台装满惆怅

夜长　昼短　将息太难

乍暖　还寒　淡酒两盏

寻寻觅觅的不安　灯火阑珊的湖畔

乌篷船　带走了词段

回忆如隔窗牡丹

黄昏凋落灿烂

还是落不尽一声感叹

枫桥端　任凭栏

月下秋霜已向晚

你的身影若连又若断

沉默似雕花屏扇

遮掩伊人委婉

还是遮不住我的孤单

琵琶乱　声声慢

曲意悄然随风散

故事还未完

谁人弹

写于2009-4-1

为江蕙《爱做梦的鱼》填词

风沙

撒哈拉的风沙　肆虐着在刮
入夜后　难以忍受的温差
掩饰伤疤　试着假装了无牵挂
眼泪却在挣扎　渐渐地蒸发

太漫长的干涸　热带单峰驼
脚印是　无法倒退的割舍
夕阳滑落　地平线留下一道难过
不完整的星座　遗落的那颗叫作寂寞

破碎的岩　崩裂古道的两边
冰凉的月　随时间由圆到缺
枯萎的思念　失去给养的水源

你离开的画面　在荒漠里搁浅

风沙的线　金合欢独自依恋
我看不见　羊皮卷上的终点
雨季　在来临之前随你而远
爱像海市蜃楼　该怎么分辨

风沙成片　淹没另一种遥远
我迷失在　昏黄漫天的中间
回忆　还在试探眼泪的底线
涡旋的边缘
风卷走的原来是从前

写于2009-5-16

秘密花园

铃声响在曾经的操场
单纯的心不用打烊
笑容曝晒温暖的阳光
蒲公英随风远航

那年上学的街　柳絮飘了一夜
踩着单车的鞋　系错很匆忙的结
铃声不停发泄　走廊突然整洁
昨天的作业　是否又忘了写
还在试着寻找借口让老师妥协
数学　在粉笔上被了解
感觉　不停计算还是无解
黑板　是谁的拉丁字母世界

我却　偷偷在课桌里面翻阅
主任的鞋　回响一种胆怯
在后窗里怒火中烧的强烈
办公室　是不是　最好的机会解释
或者再作首诗　继续我的固执

那小小的池塘还有没有鱼睡在里面
那大大的操场还有没有人继续跑圈
讲台上面的容颜是否也增添了纹线
略显青涩的画面　还留在秘密花园

铃声响在曾经的操场　单纯的心不用打烊
笑容曝晒温暖的阳光　蒲公英随风远航
回忆还在手心里发烫　陪我度过每次彷徨
给自己种下一份倔强　在秘密花园收获芬芳

课桌吞噬着各种参考书
努力读　只为了能够多加点分数
残酷　当无情的成绩被公布
重复　有人笑有人会哭
黑板的右下角　作业明天要交
“晚自习能不能不再迟到”

食堂的小炒的确有些糟糕
球场还在激烈着不可开交
隔壁女生的笑　不自觉在萦绕
一个走神变成老师提问目标
喜欢课间在后窗远眺
和同学们无聊地打打闹闹
集体做操　发型达标
花季的烦恼　雨季在寻找
却总是问号

那小小的池塘还有没有鱼睡在里面
那大大的操场还有没有人继续跑圈
讲台桌上的容颜是否也增添了纹线
略显青涩的画面还留在秘密花园

铃声响在曾经的操场　单纯的心不用打烊
笑容曝晒温暖的阳光　蒲公英随风远航
回忆还在手心里发烫　陪我度过每次彷徨
给自己种下一份倔强　在秘密花园收获芬芳

写于2009-5-31

辛波丝卡的印记

钢琴用完整条街的突兀
还是弹不出　雨声的温度
回忆是被禁演的剧目
寂寞的油彩画铺　无人光顾

沉默贯穿中世纪的地图
尝试过迷路　在华沙故都
诗人吟唱肖邦的音符
角巷深处的薄雾　红砖模糊

文字丰富得可以填满整个书橱
却也有用不到的温柔给自己读
时间的脚注　标记着一见钟情的　孤独

回忆像一首诗　静候着无名指
天使眼角的痣　转身时显得更加别致
太单纯的故事　容易被时间稀释
硬币扔进许愿池
我只是你其中一圈的固执

我以为会写诗　也算一种温室
但参差的文字　却丢失栉比鳞次的方式
喷泉旁的鸽子　是无声的台词
寂寞随波流逝
我只能站在　配角的位置

写于2009-8-6

部分取材于方文山的素颜韵脚诗

Heavenly Days

睡在书桌的咖啡
灯光下的余味　安静地等着谁
回忆不停向后退
我锁住了眼泪　却不会忘记你的美

窗　附着了一层灰
模糊街角的狼狈　我知道你爱谁
那发生的误会　是错过的机会
说谢谢总比再见来得伤悲　接受沉默的后悔

Heavenly Days
天空很美不适合伤悲
用喝醉　来麻醉　只能让自己困在颓废

我终于学会

面对孤单大声地说无所谓

安静等候也是一种美

我的爱不是为了你的安慰

我终于学会

面对孤单大声地说无所谓

安静等候也是一种美

我的爱不该有眼泪

你要的幸福　相信我总能给

就在Heavenly Days

写于2009-8

为新垣结衣《Heavenly Days》填词

梨花香

留声机的味道　呢喃软语的花雕
丝缎紫红的旗袍　谁藏在转角
舶去的笑　带走无眠的曲调
烟雨江桥　旧情难了　被沉默依靠

陈年酒醉不透　你胭脂的含羞
丽人背影在街头　我一饮入喉
原来多愁　不是恰当的温柔
浅笑回眸　为依消瘦　我无言依旧

黑白照片的印象
留下了时光　微微泛黄
镜头定格在外滩

欲言又止的江畔
唯一不变的依然　是你转身的灿烂

风如裳　夜微凉　弥漫着　黄浦江
巷弯旁　小弄堂　独自寻你的残香
我试着　用长笛　吹一曲婉约忧伤
还假装　你侧耳　倾听那扇格子窗

酿一盏　梨花香　袅娜在　黄浦江
心流浪　在过往　想念你宛若归乡
诗集抑扬的尾章　独缺一行　你笑的模样
我用情愫作笔　添上

写于2009-8-26

短夏

计程车忘记了停站
喜欢你扶着窗时的为难
目光交错得太突然
夏天总是很短

缘分的船忘了靠岸
喜欢你接乒乓时的慌乱
心跳变得很不自然
夏天总是很短

回忆不适合沉湎着纠缠
现实是教人无奈的答案
却还梦见

以后能为你准备早餐
算不算
无可救药的牵绊

我承认夏天还是很短
一路跑着送纸鹤的夜晚
却又错过了简单的浪漫
没有把你留在我身畔

我承认夏天依然很短
车票还藏在口袋里说晚安
当孤单成了一种习惯
爱也变成了另一种负担

写于2009-11

侧耳之间
2010

开头

凌晨的街头
寂寞的路口
分手　以后
才有些难受

熟悉的邂逅
简单的前奏
陌生　以后
还有点感受

我试着重放我们的镜头
却忘记应该从哪里开头
时间挥霍掉我们曾有的温柔

想念也成了回忆的负重

我终于学会接受　我们错在了开头
唯一能够的挽留　是不想要的自由
爱是一道伤口　分裂了你和我
原来不适合才是最痛的拥有

我只能假装接受　我们错过了开头
掌纹契合的褶皱　也可以不算牵手
爱不需要理由　是我们的借口
背影的尽头搁浅了谁的沉默
我看透

写于2010-1

为网上的一首小曲填词

牧雪森林

寒带针叶林　因纽特手风琴
呼吸　寒冷过滤的空气
比永远更远的极地
独行　穿梭过所有孤寂

肆虐的雪季　漫无目的侵袭
背景　冻彻心扉的安静
咫尺间滑落的流星
美丽　不过是一场曾经

脚印复刻着皮靴　沾满挪威森林的雪
时间　融解在没有你的极夜
红杉被砍断一截　年轮圈裸露在凛冽

却无法分辨　哪段才是我们的从前

牧雪的剪影　风吹醒了安静
在沉睡的森林　被忽略的回应
厚重的毛皮　那痕迹　还残存你的气息
找不到的旋律　只能让故事待续

牧雪的约定　飘落得很干净
在寂寞的森林　想忘记爱过你
你笑的脸型　连再见　都说得不留余地
而我只能温习
和你有的回忆

写于2010-4

我是一只熊

简单的执着　你是否懂得
谁都不想要　对自己冷漠
所以我说　必须要永远快乐
我是一只熊　不害怕不担忧不在乎寂寞

沙发书橱　和暖洋洋的壁炉　毛茸茸的在枕头旁住
欧式建筑　和干燥后的珊瑚　是自己很独到的领悟
玩具柜橱　有我喜欢的小猪　粉色很适合搭配幸福
偶尔孤独　冬眠并不是全部　一个爪印配一个脚步

小心翼翼地呵护　一只熊的蓝图
不能哭　不想输　不轻易结束
泰迪　维尼　还是倒霉的自己

生活是笑的练习　我从不逃避

简单的生活　坎坷的节奏
谁都不能够　对自己放手
所以我懂　必须要勇敢接受
我是一只熊　喜欢自己的自我的自由

简单的执着　你是否懂得
谁都不想要　对自己冷漠
疯疯怔怔地　拒绝着难过
我是一只熊　一瞬间一冬天一辈子快乐

写于2010-4

雨晴雯

时间像一折　无言的话本
青涩的我们　是剧中的人
过目了几寸　读得太认真
却还错过有你的戏份

长庭外草深　雨落在小镇
水写着波纹　树添了年轮
斑驳的城门　盘踞谁的根
下笔太狠写断了缘分

雨纷纷
你转身
青史温柔也不肯

忘了问　落地生根的我们

雨晴雯
又是春
风声也吹得深沉
爱会给你需要等的人

雨晴雯
又是春
为你求一签缘分
你曾是我留恋的红尘

写于2010-5-3

卒业旅行

那些在六月的天空　发生的种种
还依旧尝试在发酵　最美的笑容
难以被替代的脸孔　简单的感动
这旅行是藏在心中　无瑕的彩虹

那些纷纷扰扰的剧情
衬托着仲夏的宁静
卒业的心情像蒲公英
风可不可以晚点再吹净
沿途的风景　恰好的年轻
需要一段旅行
来测试我们的心灵感应

油彩颜色调配的水稻　渗透成熟之前的预兆
蜿蜒柏油道　巴士车内的喧闹　同学你如何能睡得着
绿色的风掠过陌生的城郊　空气中交杂着熟悉的笑
马上拍照　不要错过信号
最适合的拥抱最适合的人知道
是谁在池塘旁边垂钓　钩住一种特别的味道
是谁在林荫下的山道　爬上了树梢　惊声地尖叫
专属于我们之间的玩笑
旁人怎么能够体会得到

那些在六月的天空　发生的种种
还依旧在尝试发酵　最美的笑容
难以被替代的脸孔　简单的感动
这旅行是藏在心中　无瑕的彩虹

青翠的画面
协调的步点
一起触电温柔的夏天
时间　像交错着缘分的红线
我们是生活最纯粹的牵连
在山野间探险
毫无牵绊的语言　丰富了记忆的词典

那些湿漉漉的笑脸
滞留在相片
是谁在水缸里定格了危险

再接再厉
是最好的游戏
最棒的集体有最真的默契
被欢愉渲染的美丽回忆　自然有美丽的意义
那些美丽的心灵曾一起呼吸着美丽的空气
光阴像无言的笔　撰写着青春的日历
每个自己都拥有许多特别的你
篝火燃烧着盛夏的暖意
不同的嗓音唱着各自的感性
舞曲步伐的痕迹　踩在每颗心的园地
种下了永远繁茂的回忆

那些在六月的天空　发生的种种
还依旧在尝试发酵　最美的笑容
难以被替代的脸孔　简单的感动
这旅行是藏在心中　无瑕的彩虹

写于2010-6-16

致我们的大学毕业旅行

蕾

浸湿嘴角的眼泪
被你抹成了汗水
藏在微笑的心扉
年幼的我不懂了解　你没说的累
还以为
只是感动着我所谓快乐的完美

现在终于能体会
在你眼角的余味
是我温柔的光辉
那始终不变的宽慰　伴我入睡
你的爱
才是无须被证明的完美

光阴在流逝　岁月的风添了皱纹弯了脊背
无论谁　都不能让时针倒退
而你却还只是依然挂着笑容说
也对　也对　也对
因为会让我白长大一回

风中的花蕾　千山和万水
若隐若现的一瞬间　我看见你的无悔
飞舞的花蕊　像你的纯粹　永远都是我生命的绝对
毕竟这种安慰　只有你能给
无论你有多疲惫　不管我有多狼狈
你依然微笑得很陶醉
那么美

梦想被都市粉碎
如影随形的颓废
不断错失的机会
而你在电话的结尾　无声的伤悲
才让我
学会独自面对人生的天黑

光阴在流逝　岁月的风添了皱纹弯了脊背

无论谁　都不能让妈妈流泪

而你却还只是依然挂着笑容说

不累　不累　不累

因为有我才显得更珍贵

风中的花蕾　千山和万水

若隐若现的一瞬间　我看见你的无悔

飞舞的花蕊　像你的纯粹　永远都是我生命的绝对

毕竟这种安慰　只有你能给

无论你有多疲惫　不管我有多狼狈

你依然微笑得很陶醉　不后悔

风中的花蕾　千山和万水

若隐若现的一瞬间　我看见你的无悔

飞舞的花蕊　像你的纯粹　永远都是我生命的绝对

毕竟这种安慰　只有你能给

无论你有多疲惫　不管我有多狼狈

你依然微笑得很陶醉

那么美

写于2010-8-14，改于2022-6-16

为可口可乐《蕾》填词

爱的假命题

想为这段经过　加上快乐
却没有资格　无限你的快乐
想为这种生活　减去难过
却无缘假设　递减你的难过

生命像一道方程
谁是未知的发生
无法用切割验证

我就是这样地爱着你
颠覆了我缜密的逻辑
你是永恒的真理　不需要时间来定义
就这样吧　让我变成回忆

爱是一种简单的感觉

相交在这循环的世界

选择献出了一切　不是为了你的理解

就这样吧

让我独自凋谢

想为你的心情　乘一颗星

却没有勇气　贴近你的心情

想为你的风景　除去伤心

却无缘证明　介入你的风景

生命像一道方程

你是已知的发生

不需要切割验证

我就是这样地爱着你

颠覆了我缜密的逻辑

你是永恒的真理　不需要时间来定义

就这样吧　让我变成回忆

爱是一种简单的感觉

相交在这循环的世界

选择献出了一切　不是为了让你感谢

就这样吧

让我独自瓦解

孤单充斥着黑夜　晚风依旧在凛冽

我徘徊　整一条街

失去终点的地铁　漫无目的地哽咽

而你却　恰好出现　将阴霾撕裂

我就是这样地爱着你

颠覆了我缜密的逻辑

你是永恒的真理　不需要时间来定义

就这样吧　让我变成回忆

爱是无法假设的数列

你却是我一直不敢写的解

选择献出了一切　不是为了你的理解

就这样吧

让我独自凋谢

写于2010-8-31

为KOH+《最爱》填词，取材于《嫌疑犯X的献身》

屋檐

越在乎永远　越是有期限

越害怕再见　越接近终点

越担心雨天　越会独自蜷缩在屋檐

越选择拒绝从前　越沉湎

回忆越香甜　越透露危险

沉默越明显　越容易听见

风筝越飘远　越会不经意地断了线

寂寞越被人了解　越强烈

晚风像谁的笔尖

虚构画面

你不在中间

越是触摸黑夜
路灯越会熄灭

爱就像是　墙角的屋檐
雨落一片　汇成几条线
我才发现　留不住思念
你也只是　一瞬间的水帘

爱就像是　街角的无言
雨落一遍　湿了几根烟
我才明白　什么叫片段
你不过是　一瞬间的出现

写于2010-9-14

向日葵

暖的天气　想听你的呼吸
噘嘴时的美丽　是快乐的供给
温柔像风　吹在田野里偷偷寻觅
我和你埋在木棉树下的回忆

冷的天气　想为你加件衣
不知觉的调皮　被装满了日记
幸福像风　拂过那片金色的花地
盛开的爱情飘香四溢

风车磨坊还在角落呢喃　转了又转
将心中的那句简单　刻在木围栏
天空就像擦拭过的蔚蓝　白云陪伴

你是我甜蜜的负担

你的眼眉　像是两支花蕊　不停敲打心扉
让你做我的向日葵
我的世界　突然开得很美　一整天不想睡
还有谁　能让我如此陶醉

你的笑靥　像是两瓣花蕾　开在我的心扉
让你做我的向日葵
我的世界　突然变得很美　笑容不停施肥
爱上你
是我无与伦比的品位

写于2010-9-29

致贝多芬

我听见了奏鸣着的贝多芬
原来跳跃的音符是一种天分
不需要用　耳朵来辨认
那些挂在乐谱上的认真

我听见了奏鸣着的贝多芬
冷峻地面对着命运中的残忍
谁是英雄　谁就有伤痕
欢乐就能在生命中翻滚

悲怆不停地紧跟　戳伤我们
无暇转身　停止思忖
生命如尘　容不得有半分的停顿

回忆如痕　试探追问　心中的爱是否坚韧
沉默的节奏才是灵魂

我听见了奏鸣着的贝多芬
原来寂寞的守候是一种天分
不需要用　耳朵来辨认
那些藏在月光下的认真

我听见了奏鸣着的贝多芬
冷峻地面对着命运中的残忍
谁是英雄　谁就有伤痕
欢乐是我们坚定的眼神

写于2010-10-1
为劲舞团乐曲《V3》填词

樱花抄

操场边的夕阳依旧不愿下沉
秋千绳上的缘分　风吹着摇摆不稳
信纸一角还画着笑脸的单纯
列车窗外的雪痕　落得很认真

时间随风车旋转不停地推移
渐行渐远的经历　无人接听的手机
融化在灯火通明的钢铁森林
各自平行的轨迹　脚印却失去　相交的距离

如果思念是一场接力
需要偶尔的甜蜜才能呼吸
可惜　终点不是你

或许　本来就不是你

我想要告诉你　沉默却更彻底
我翻开了日记装满的都是你
既然回忆已经错过灿烂的夏季
转凉的天气　我换上紫色的毛衣

我想要忘记你　却在道口相遇
擦肩而过了我们曾经的默契
樱花飘落也只需要秒速五厘米
我们的爱落尽
会不会更容易

写于2010-10-12

取材于《秒速五厘米》

匆匆

光阴是匆匆踏过红尘的马蹄
圈一座城我却是匆匆的游旅
匆匆的呼吸晕开匆匆的痕迹
匆匆了回忆

岁月是匆匆拂过青史的毛笔
写一首诗你却是匆匆的墨滴
匆匆的韵律叠成匆匆的细腻
匆匆了甜蜜

青石拱桥向晚的街景
三月流苏紧掩着窗棂
我打江南走过　容颜如莲花的开落

匆匆的蹄声是美丽的过错

我不是归人　而是匆匆的过客

揭不开的春帏　如柳絮不愿匆匆纷飞

蝶恋花的相随　是瞬间匆匆沾染的暧昧

匆匆饮干了一杯　花雕匆匆沁入心扉

你是我匆匆的陶醉

揭不开的春帏　如柳絮不愿匆匆纷飞

荷花爱上芦苇　是清风匆匆写下的误会

匆匆翻完了章回　思念匆匆化为眼泪

你是我匆匆爱过的谁

写于2010-10-2

部分取材于郑愁予的《过客》

江湖远

青笛最适合用竹　章回最适合用书
剑刃最适合用一种无须拔鞘的招数
所谓的江湖　结尾也不过孤独
世间万物非赢或输

隐居最适合用锄　吟诗最适合用赋
高人最适合用一种超然世外的禅悟
腰间的酒壶　才是无边的江湖
成败名功似有却无

见招拆招的章法　胜负无差
搁笔纵马花落谁家
不如悠然南山下　坐看菊花

晚香四溢飘落我家

如歌的蝉话　庭院的残葩

狼毫笔行云潇洒　泼墨一幅山水佳画

月色在应答　对饮斜卧侧听琵琶

随风弹奏一曲晚霞

如诗的灯下　橙黄的书法

只为争一时繁华　多少英雄一世厮杀

全部都作罢　泡一壶丑时青杏茶

余烟袅袅也自成天涯

写于2010-10-28

部分取材于方文山的素颜韵脚诗

荷塘月色

弱水三千流转　岁月灯火阑珊
故事凋落了圆满
却恍然发现自己　还差一撇勇敢
把你留在我的词段

故地重游一段　人去楼空黯然
只剩荷塘还依旧委婉
风向晚雁向南　而你却还依然
是我心中的为难

清池藏不住荷
探出水面错落
与柳叶相爱只是清风刹那写的经过

思念逶迤成河

我却无话可说

匾额上的烫金泼墨早已将往事斑驳

湖面晕开月色

露珠离开花朵

秋千索推开缘分的门却又将它反锁

孤单开花结果

然后落成寂寞

至少我曾经爱过一场风波

和你的轮廓

写于2010-11-1

洄游

有一些奇妙的感觉
有一些甜蜜的错觉
一夏天的季节
我听见绿色的风摇曳在耳边
很亲切

有一些徘徊的深夜
有一些迷惘的岁月
你突然的笑靥
恰好地填满了我心中的空缺
很贴切

阳光不停地堆叠　思念需要被宣泄

我的爱　只想要让你了解

梦没有实现 ※ 沉默了语言

所以也就不会凋谢 ※ 有缘人也能够听见

我还记得那一天 ※ 我还记得那一天

两个人走过的小街 ※ 两个人亲吻的瞬间

眼泪的章节

也只是灿烂的铺垫

掀开了下一页

能看见

我和你在幸福的世界

写于2010-11-13

为小事乐队《スイミー》填词

好望角

远离沙滩　我独自站在甲板
木轮盘在旋转　指针面朝向着南
陆地顶端　海角挡住了温暖
被截断的期盼　很容易不安

有时也会怕孤单　被过分渲染而错过了港湾
但在避风港狂欢　又怎能有机会勇敢

暴雨悬崖　我不理睬　独自穿过那片海
早已经不再去计较你的离开
帆布展开　逆风袭来　我选择我要的爱
灿烂的未来　在彼岸徘徊

寂寞的船　我独自坐在桅杆
爱是一种习惯　也是另一种喜欢
陆地顶端　海角搁浅了温暖
被截断的期盼　很容易不安

有时也会怕孤单　被过分渲染而错过了港湾
但在避风港狂欢　又怎能有机会勇敢

波涛悬崖　我不理睬　独自征服那片海
我依然期待风雨过后的色彩
浪花飞来　拒绝悲哀　我坚持我要的爱
返航后等待　你转身回来

写于2010-11-26
为柴崎幸《色恋粉雪》填词

冷香

用一盏酒的痴迷　写一首诗关于你
加一笔赭石朱砂装裱的痕迹
江南山城的雾气　袅袅着慢慢升起
爱可以是一种婉转的语气

用一炷香的间隙　温一壶思念送你
像一曲春江花月蜿蜒如小溪
书札被私藏袖底　白纸黑字的回忆
那微醺后的画意若即若离

淡黄色茶汤
溅湿了文章
泼墨的想象最适合你的模样

楷体被徜徉

我念念不忘

你是开在我梦中的绽放

青山满江　雨落潇湘

在水一方寻你的目光

苔痕在砖墙　盎然了酒巷

把你的笑脸酿成一坛芬芳

江南茶坊　柔情过场

回眸一瞥如含苞待放

碧螺春微凉　青花杯沿上

是你嘴角淡妆残留的冷香

写于2010-12-18

侧耳之间

2011

触及

凛冽走在没有雪的冬季
风吹过耳边像哭泣
冷漠堆积
咖啡杯垫上的温度远离

爱情就像冷却后的呼吸
刹那间白色的水汽
寂寞侵袭
眼泪的别名叫作追忆

日记扉页一角的哲理
灿烂是瞬间的美丽
很像你嘴角残留的语气

幸福是天边的彩虹　遥不可及

我怎么去想你　才会留下痕迹
其实沉默也是另一种勇气
你说依赖是相爱的距离
需要有间隙　来容纳秘密

我如何去温习　过季后的甜蜜
原来转身让放弃更加容易
你说思念太拥挤　所以轻描淡写地忘记
而我仅仅希望你
是我触手可及的回忆

写于2011-1-6

所以　现在

想说声感谢你　在这个城市里　发现我的呼吸　很恰好的留意

相遇需要运气　相恋需要勇气　只有走到一起　才能了解自己

你曾经到过哪里　追寻怎样的轨迹　喜欢哪种世界的美丽

你曾经爱过谁的名　是否为了别离而哭泣

时间的点滴都已成回忆

所以　现在让我守护你

无论是生气　还是笑的魔力

全都想要珍惜

用简单这一句　来解释所有的情绪

我只喜欢你

喜欢晴朗夏季　害怕打雷天气　有类似的语气　和恰好的默契

相同才能相遇　相信才能相依　缘分是种引力　让对的人靠近

你是否能和我一起　回到长大的城市里　感受那种世界的美丽

海鸥在沙滩温习　礁石不停地被波浪敲击

还有想让你听见的回忆

所以　现在让我来爱你

无论是春意　还是仲夏的雨

全都想要珍惜

加上秋天的哭泣　和并肩走过的冬季

我只想要陪着你

想说声感谢你　在这个城市里　能够与我相遇　给我爱的定义

写于2011-1-26

为福山雅治《萤》填词

夏日

蓝天　沙滩
还有彩虹色阳伞
贝壳躺在码头上面很慵懒
阳光　海岸
再加一艘小木船
椰树静静守候夏日的风帆

浪花不停地在翻转
溅起了灿烂
五角海星被冲到沙洲浅滩游玩
海风拂面
有种特殊的甜
像你呼吸的味道很明显

能不能让我靠近一点
再偷着吻一下你的笑脸
看着桃红色
在面颊上晕开一片

用沙写出悲伤的从前
再让海风一次性地吹远
只留下甜蜜的回忆
不断供应温暖的画面
就让这个夏天继续蔓延
把对你的爱
再多说一遍

有些感觉
默契得非常强烈
就像我们之间系的情人结
熟悉的亲切
也被一点一滴地了解
然后慢慢融合成了一个世界

两对脚印成线

刻在海岸的边缘
牵起你的手一步一步画着圆
海风拂面
有种特殊的甜
像你呼吸的味道很明显

能不能让我靠近一点
再偷着吻一下你的笑脸
看着桃红色
在面颊上晕开一片

用沙写出悲伤的从前
再让海风一次性地吹远
只留下甜蜜的回忆
不断供应温暖的画面
就让这个夏天继续蔓延
把对你的爱
直说到永远

写于2011-2-14

为ZARD《夏を待つセイル（帆）のように》填词

花太迟

漆白的宣纸　狼毫笔的墨渍
月光下面流淌着你的影子
雨飘落的位置　是恰好的方式
原来我们的故事　早就刻在三生石

而对你的那些固执　是与生俱来的坚持
不需要用章回解释　爱不过一个字

花开太迟　这场缘分应该绽放在前世
蓦然回首众里寻你多少次
今生相识　挥笔即就一首最动人的诗
只因你是我酝酿千年的心事

楷体的小字　拼出你的名字
似曾相识仿佛淡淡的胭脂
红豆生发几枝　我埋下的种子
是对你用情太痴　所以此物最相思

闭眼临摹你的样子　是转世而来的自私
不需要用章回解释　爱不过一个字

花开太迟　这场缘分应该绽放在前世
蓦然回首众里寻你多少次
今生相识　挥笔即就一首最动人的诗
只因你是我酝酿千年的心事

写于2011年

暖香

小桥流水徜徉　炊烟袅袅而上
桃花瓣飘落湖面中央　在恰当的地方
背对着风声竹响　面朝着你的模样
文字在脑海跃然成行

蝉噪林愈静旷　鸟鸣山更幽长
心事越容易贴近　情窦越要耳语来唱
才下了眉头半晌　又上了心头成浪
蚱蜢舟载不动的想象

王谢堂前燕飞过
静候春风剪阡陌
那温柔　太婀娜　让我无话可说

你一时绽放　我一世惊惶
轻掀开刻本纸张
重复默念你那一行
微笑被欣赏　将瞬间拉成漫长
你是我转世而来的目光

你一时绽放　我一生难忘
要把对你的情愫
装满文章慢慢陈酿
思念被浅尝　开坛了一阵芬芳
爱应该是种暖的香

写于2011-3

继续

城郊的小街点缀几滴太阳雨
鹅卵石垒在溪流旁边守望着雏菊
毛茸茸的蒲公英乘着和风在飞行
而你闭上眼睛

山谷的小径是形而上的弯曲
磨坊的水车还转动着古典的词句
草原上的翡翠绿让温暖不言而喻
连你的呼吸　都听得到的旋律

池塘里自由自在的鱼
也尝试了解飞鸟的情绪
而我只想哼唱有你的音域

心跳是我爱上你的证据

你闯入了我的思绪
将甜蜜的回忆占据
渗透进每一秒的气息
让空荡的生活都变得拥挤

你闯入了我的思绪
将心底的悲伤过滤
不愿让你做我生命里的花絮
这首爱情协奏曲
还在继续

写于2011-3-25

明天会放晴么

久违的眼泪因熟悉的故事被邂逅
回忆是一种难受却又怀念的温柔
明天我依旧徘徊在那个没有你的街头
错过的感动没有任何回头路可走

静谧的季节只能和空气窃窃私语
最适合侧耳倾听的人只剩下自己
独自躲在初吻的小巷一角询问着内心
我的勇气不应该被用来选择忘记

命运为磨炼我们赐予了孤独和难过
哭过以后还要继续往前走
难道是真的命中注定

难道不该说放弃
随时间推移　爱却更不可思议

Oh baby, no maybe 已经远走的爱情
我只能轻轻叹息
再重新接受失去的你

Oh baby, you are maybe 交织悲喜的爱情
那幸福的feeling
想要再抱紧 one more time

并不是我想要让回忆变得刻骨又铭心
只是这回忆让我变得学会了珍惜
纵然往事已经随风　人生的路还很漫长
面朝向前方至少我还有一份梦想

谁来为真诚的心开启一扇奇迹之窗
多想能再一次触摸你的笑脸
难道是真的命中注定
难道不该说放弃
随时间推移　爱却更不可思议

Why baby, Oh tell me 日复一日的爱情
只为能守护着你
就算要接受若即若离

Oh baby, you are maybe 一步之遥的爱情
站在边缘的feeling
想要再穿越 one more chance

I talk to myself
Oh baby, no maybe 已经远走的爱情
我只能轻轻叹息
再重新接受失去的你

Oh baby, smile baby 衷心祝福你的爱情
每份幸福都会有一些人
微笑着默默选择离开
让我为你做那个人

明天会不会放晴呢
在那遥远的天空下

写于2011-4-14

为桑田佳佑《明日晴れるかな》填词

重来

在我如今生活的这个世界
还有多少的美好值得了解
所有的一切　无聊地对接
已经有一点疲惫感觉

人类总是把自己拥有的美
拿去换成别人喜欢的一切
却还要抱怨　一遍又一遍
那些不公平太难以理解

究竟描绘一个什么样的理想
到底应不应该抱一份希望
烦琐的生活也淹没了自我

到底能不能够摆脱

我说一定会的

就算希望是抓不住的期待

就算梦想是烟火般的存在

一次伤害再重来　再次伤害也重来

还要依然选择简单的爱

就算悲伤是逃不开的依赖

就算疼痛是避不掉的阴霾

一次失败再重来　再次失败还重来

也要依然选择这样勇敢去爱

写于2011-6-5

为Mr. Children《HANABI》填词

爱的底线

一个人　躲在有回忆的屋檐
乌云割裂开蓝天　只剩下了一线　雨慢慢上演
我　试着遗忘你的瞬间
却发现那段从前　已经将我融解　止不住的思念

让我想你一遍
让我怀念你微笑的脸
让我在梦中把你拥在怀里面

让我好一点　让我的世界有你的画面
我看见　我想念　我发现　我了解
你是我永远割舍不开的眼
目光未曾停歇　一直在心间

你是我爱的底线　我舍不得对着你说再见
只想要能多见你一面
只想要能多见你一面
只想要大声地呼喊直到你听见

你是我爱的底线　我不能够失去这场遇见
只想要让你在我身边
只想要让你在我身边
只想要给你一个幸福的世界
是我最美的心愿
是我爱你的底线

写于2011-5

为平井坚《いとしき日々よ》填词

思绪重叠的时候

如果在未来人生的某一个时刻
你的湛蓝天空因为乌云而褪色
那我只愿你记得今天的快乐
还有你那特别漂亮的笑容

每一次看见你眼角渗透出失落
我也会傻傻地陪着你变得难过
好像自己的情绪常随你而动
其实也是另一种自我拯救

那片熟悉的天空
好像能触摸到彩虹
那首只属于你的歌

我会永远记得

嘿
如果那么一天
你也会忘了我
你也会被人海所淹没
假若还能在街头偶然擦肩而过
请你送给我今天的笑容

嘿
有点胆小的我
那么爱你的我
你是否真的能够记得
就让我在两人思绪重叠的时候
再一次紧握住你的手

自从你走后无论和谁都会寂寞
紧咬嘴唇的时候不知该对谁说
但我仍然会仰望熟悉的天空
因为你我学会忍受和接受

眼泪和伤疤是我

都想要珍惜的收获
那首属于我们的歌
岁月永远记得

嘿
如果那么一天
你也会忘了我
你也会被人海所淹没
假若还能在街头偶然擦肩而过
请你送给我今天的笑容

嘿
有点胆小的我
那么爱你的我
不奢望你真的会记得
就让我在两人思绪重叠的时候
再一次紧握住你的手

再一次紧握住你的手

写于2011-5

为平井坚《思いがかさなるその前に》填词

雨后独斟

花落总是在雨后　冷香总是有飘零的忧愁
独斟了一盏酒　无人来嗅　盛夏凋谢后仿佛叫作秋
寂寞总是在街头　思念总是会无言的消瘦
已说好不回头　我看你走
目光却又长久地停留

雨落几条线　却最害怕屋檐
回忆在下面　假装看不见
泼墨好几遍　却最害怕闭眼
绽放在梦中的笑颜

听雨总会在窗口　故事总会有断笔的时候
独饮了一杯酒　借谁浇愁　这一场邂逅还能醉多久

眼泪总会在伤口　沉默总是会让岁月陈旧
这段回忆太重　孤单更重
却都重不过你的温柔

雨落几条线　却最害怕屋檐
回忆在下面　假装看不见
泼墨好几遍　却最害怕闭眼
绽放在梦中的笑颜

眼泪总会在伤口　沉默总是会让岁月陈旧
这段回忆太重　孤单更重
却都重不过你温柔的眸

写于2011-5

为《天之痕》插曲《三个人的时光》填词

记得我爱你

无论你在哪里
我都能听见你　熟悉的声音
纵然爱已经　无法被传递
我也要不断地用心感应
记得我爱你

你是否能听清
我寂寞的声音　和孤独的心情
泪留在眼睛　淌回了内心
在我的身体中默默哭泣

还记得那天
只是一场很平凡的相遇

爱却让它变得不可思议

就算梦想凋零在雨季
爱也早已被冰冷夺去
盛开的回忆
我只想抱着你

你的头发指尖和脸颊
你的睫毛嘴唇和胎记
记忆拼凑一起　深埋在我心里
让零碎的你
永远不会散落在逝去的回忆
永远都那么美丽

你是否能听清
我寂寞的声音　和唱出的心情
泪留在眼睛　淌回了内心
我早已经把你刻在呼吸

还记得那天
只是一场很平凡的相遇

现在却不舍得这样失去

就算梦想凋零在雨季
爱也早已被冰冷夺去
盛开的回忆
我只想抱着你

你的头发指尖和脸颊
你的睫毛嘴唇和胎记
只要一次就好　想再轻轻触及
因为拥抱着你
是我这双手存在着的定义
不放弃爱的权利

无论你在哪里
我都能听见你　熟悉的声音
纵然爱已经　无法被传递
我也要不断地用心感应
记得我爱你

写于2011-6

为平井坚《アイシテル》填词

小小恋歌

住在大大的宇宙　喜欢小小的温柔
在这青青的地球　一直默默地等候
走过淡淡的忧愁　遇见傻傻的笑容
让我长长的夜空　开始有甜甜的梦
来到你的世界中　感受最美的自由
微笑非常的轻松　呼吸如此的从容
快乐变得很主动　幸福也不再沉重
让我牵着你的手　跟着时间一起走

虽然偶尔会难受　也有争吵的时候
但每当我开了口　却发现语气相同
如果遇到了挫折　不知道该往哪躲
只要世界还有我　你就别担忧什么

站在命运的路口　即使看不到尽头
让我牵着你的手　朝着幸福一直走

自从发现你以后　每天都像一首歌
唱起小小的节奏　给你大大的守候

让我　用简单的温柔
为你小小的生活　添上最美丽的快乐
让我　用温暖的承诺
将你小小的感动　绘成最永远的彩虹
让我　让我
让我　为你唱这小小恋歌

写于2011-7-17

为Mongol800《小さな恋のうた》填词

合璧

在溪流深处
富春山峦一页
看层林尽染
历史轮回着章节
落红亲近了地面
才叫作凋谢
风中穿越的秋意是漂泊的感觉

任山水流转
笔墨断了一截
听渔舟夜晓
渲染恰好的季节
勾勒沧桑的墨线

太习惯离别

原来一道残缺要用几百春秋的时间

山水合璧的更迭

一行字了解

拂手泛黄的画卷

破镜重圆

那不完整的眷恋

诀别了遥远

目光在泼墨之间

有一种形状

叫作缘

写于2011-8

为《富春山居图》合璧所作

春风

如果我没遇见你的笑
如果我错过你的好
这颗心会不会还依旧找不到
值得快乐的味道

如果我没发现你的眼
如果我略过你的脸
这颗心会不会还仍然看不见
一直在寻找的春天

而你格外灿烂的笑颜
就像春风轻拂我耳边
心底已经荒芜太久的花田

一瞬间突然开遍

乘着你的风　跨过最美的彩虹
仿佛翱翔在晴朗的天空
这一份感动　变成能触摸的梦
只因为拥有你　温暖的笑容

寻着你的香　感受最美的阳光
就连心跳也不想再流浪
像春风一样　吹干眼角的忧伤
是你让我品尝
真爱盛开的芬芳

写于2011-8-22

为熊木杏里《春の风》填词

时间列车

梅雨姗姗来迟那个时节　两个人坐在月台上面了解
那趟来自东京都的快列　随风合上尚且崭新的书页

被标记的章节　很有你的感觉
格外特别的情结　字里行间穿越
时间在匆忙地写　留下物是人非的世界
带走回忆中的一切

你是我的无悔　还是我的误会
无论是错是对　都只一期一会
就算一场眼泪　也是发生过的安慰
至少你曾经是我最美的谁

梅雨姗姗而去这个时节　一个人坐在月台上面了解

这趟去往千叶县的快列　随风合上微微泛黄的书页

被标记的章节　已经换了感觉

不再特别的情结　字里行间穿越

我们被匆忙地写　属于截然不同的世界

更迭了回忆中的一切

你是我的无悔　还是我的误会

无论是喜是悲　都只一期一会

就算一场眼泪　也是发生过的安慰

毕竟你曾经是我最美的谁

写于2011-6

为熊木杏里《时の列车》填词

平凡的永远

曾经穿梭多少个宇宙　寻找值得环绕的星球
但却迷失在浩瀚的银河里头
而你恰好出现的笑容　把我拉出无尽的黑洞
才重新回到快乐的轨道之中

其实温暖一直就这样守候在我身边
有时候却很任性倔强着假装看不见
还以为自己能够找到所谓的永远

如果没有经历那些非常单纯的昨天
我不会知道幸福离我从来都不遥远
Let’s stay together forever

曾执着过多少次遇见　不断重复狼狈的雨天
而你却坚定地站在我这一边
就算乌云覆盖了画面　晴朗依然挂在你的脸
像一米阳光照射进我的心田

其实温暖一直就这样来自你的笑颜
不经意之间构筑成了我的最后防线
才发现原来始终拥有平凡的永远

就把那些不开心的往事都交给昨天
从今以后让幸福做我们最美的牵连
Let's stay together forever

写于2011-8-31

为冈崎律子《For フルーツバスケット》填词

海啸

用海风的呼吸　形容你的美丽
用日出的痕迹　带给我们憧憬
这段旅行　你是最别致的风景
连沉默潮汐　都不再安静

我和你的缘分　不需要写原因
就算没有路灯　用手给你牵引
感觉太闷　就制造清新的天气
若是想微笑　就让你开心

你任性的眼神　很善良的天真
就像浪漫剧本　天使的标准
你的单纯太迷人　而我太笨

没有把爱说出嘴唇

就让每天重演　你的笑脸
然后陪伴　在我身边
有你的温暖　就像海啸扑面
I know 我不会走远

就从今天改变　勇敢一点
由我接管　你的永远
在记忆里面　你总是出现在晴天
所以才想要给你幸福的画面
所以才想要给你幸福的永远

写于2011-9-23

为南方之星《Tsunami》填的词

让子弹飞

途经了多少时间的片段 ※ 浮躁的世界太容易主观
一个人转 ※ 拒绝纠缠
漂泊在人海之中的孤单 ※ 克服掉天性使然的慵懒
不需要帆 ※ 学会果断
故事就这样重复着为难 ※ 要试着接受自己的平凡
已经习惯 ※ 选择简单
文字是我最忠诚的伙伴 ※ 然后再埋头用力地追赶
制造温暖 ※ 甩开牵绊

就算是深冬的严寒
也要让它
开出最美的花瓣
纵然天空高不可攀 ※ 纵然大海深不可探

还是会向往着蔚蓝 ※ 还是会向往着蔚蓝

爱是简单成熟的浪漫
我坚持自己独到的喜欢
银色子弹
飞向惊涛的彼岸
不怕孤单

无论会有多难堪
都要做自己唯一的答案
一道阳光
微笑更灿烂

写于2011-10-26

为DEPAPEPE《风见鸡》填词

江南秋

故事如此的冷清　爱恨就像是无根的浮萍
江南孤亭　浮生梦醒　太容易惹人伤心
秋雨微醺了谁的窗棂　叹海棠薄命随往事飘零
缘分若太轻　无人相信　纵然泪已满襟

我　斑白了发鬓　闭上眼睛　原来都是背影
就好像弦上的音离开了古琴
你的离开让红尘干净

风　吹走了曾经　却留下憔悴装满铜镜
而我参透回忆　从斑斓开到荼蘼
凋落却了无痕迹

故事暗藏在书卷　被朱砂勾画后名曰从前
江南遗篇　如水缠绵　都化成过眼云烟
秋叶堆积了谁的字眼　拾落红一片为过去祭奠
缘分若太浅　寂寞似箭　奈何心碎满园

我　穿越了时间　回溯千年　只为一场遇见
就好像伯牙指尖离开了琴弦
你的离开让岁月无眠

风　吹走了思念　却留下悲伤缠绕心间
而我竟然发现　无法重演的画面
是今生与你相见

写于2011-10-26

每分每秒

世界那么的喧闹
有太多的微笑　却只和你遇到
缘分就像一座桥
最适合的人才会拥抱

生活有纷纷扰扰
但温柔的镜头　却只对你聚焦
甜蜜是一种格调
而喜欢你是我的骄傲

连心跳也为你感冒　偶尔发烧
那约定会有多么的美好
也只有我们知道

每分每秒　两个人依靠
爱是我们最珍贵的财宝
也许偶尔会有争吵　被往事打扰
都不重要

每分每秒　对彼此需要
幸福发酵成了一种很永远的味道
就让你的微笑　带走所有烦恼
一辈子陪我到老

每分每秒　一直到老

写于2011-11
为Depapepe《きっとまたいつか》填词

太阳系

用烟头把寂寞都吹出窗口
我手中的方向盘转动着谁的自由
夜晚最灿烂的霓虹　不需要低调的理由
那些孤单的长镜头　总有切换的时候

曾爱过一场足够轰轰烈烈的温柔
穿梭在十字街头为了抵达明天而加油
在耳边呼啸的狂风　把所有悲伤都带走
感谢曾让我难过的每一张面容

You are the only one
Not the lonely one
有梦想陪伴的人不孤单

你的人生只有你够资格勇敢

每一个人的梦　都与众不同
不用谁来懂　我做我自己的英雄
雨后未必有彩虹
却一定会有我骄傲的笑容

拒绝所有的借口
犯了错背着黑锅　扛起来怕什么
就算世界都懦弱
我坚持　我战斗
在我引以为傲的宇宙

写于2011-11-25
为Depapepe《Hello》填词

时钟

记得那个炎热的盛夏
时钟一直　滴答滴答
曝晒在阳光下的那杯红茶
她还想喝吗
虽然已经错开了步伐
时钟还是　滴答滴答
能不能够再多说上一句话
让我告诉她

“你还好吗　是否依然很傻
关于幸福有没有找到解答
爱你的他　是不是很潇洒
会不会为你穿上婚纱”

当我回忆曾经的盛夏
时钟总会　滴答滴答
曝晒在阳光下的那杯红茶
让我想起她
虽然已经错开了步伐
时钟依然　滴答滴答
能不能够再多给一次牵挂
让我怀念她

能不能再爱够短短一刹那
让我忘了她

写于2011-11-29

为Depapepe《Time》填词

北欧圣诞

在斯堪的纳维亚半岛的边缘　波浪敲打着海岸线
而我静静地掀开日记扉页的照片　有你微笑的甜

北极光顺着风　缠绕在挪威的山峰　就好像最灿烂的彩虹
木教堂的顶钟　敲打着对你的心动　唤醒夜空

我用心感觉你的世界　原来如此的亲切
北欧小镇下着雪　堆叠在甜蜜的街
我轻轻翻阅　装满了温暖的圣诞节
所有关于你的一切　全都适合被了解

在奥斯陆的码头互换了思念　自由的海鸥在盘旋

而我悄悄地将这份爱写成了诗篇　有你漂亮的脸

北极光顺着风　缠绕在挪威的山峰　就好像最灿烂的彩虹
木教堂的顶钟　敲打着对你的心动　唤醒夜空

那白色的峡湾　停靠着镶红边的船
整个世界都被装扮　有一种色彩斑斓
木围栏　刻着关于浪漫的词段　你是我恰好的喜欢

我用心感觉你的世界　原来如此的特别
挪威森林的落叶　美丽的非常自觉
我轻轻翻阅　装满了温暖的圣诞节
所有关于你的一切　全都适合被了解

写于2011-12-21

为新垣结衣《ふわり》填词

侧耳之间

2012

眼神中的彩虹

你是我的眼神中　最美的彩虹
用微笑带给我　温暖的天空
找不到任何理由　错过这感动
牵着你的手　让我爱到最后

相拥的一刻　很适合沉默
耳边吹过了温柔的风
河流淙淙　徘徊在桥洞
倒映出两个人的笑容
幸福的感觉　很与众不同

你是我的眼神中　最美的彩虹
用微笑带给我　温暖的天空

要怎么样去形容　简单的感动
牵着你的手　不需要理由

相拥的一刻　很适合沉默
耳边吹过了温柔的风
田野中　花儿努力地绽放笑容
点缀了两个人的镜头
幸福的感觉　要有始有终

你是我的眼神中　最美的彩虹
用微笑带给我　温暖的天空
找不到任何理由　错过这感动
牵着你的手　让我爱到最后

写于2012-1-24
为玉置浩二《朝の陽ざしに君がいて》填词

寂寞的人

站在黄昏的街角　步道桥上的花猫
擦肩而过的人潮　眼神回避着喧嚣

不愿再傻傻付出的我们
对爱情的残忍　很有分寸
就算是有缘遇到期待的那个吻
其实心中也只是　寂寞的人

偶然经过的猫问我　会喜欢怎样的一种颜色
我却笑着指向天空　告诉它答案是水的蓝色

已经开始成熟的我们
对生活的隐忍　很有分寸

就算是有缘遇到期待的那个人
其实心中　还是怕认真

曾经简单快乐的我们
何时学会　那些分寸
是不是拥有了自我保护的伤痕
就会甘愿做一个　寂寞的人

虽然这样说会有点笨
但为何不为爱付出完整
就算是可能再多添一道伤痕
至少我们是一个　幸福的人

写于2012-3-29

为玉置浩二《淋しんぼう》填词

轨道

曾以为只要努力就能赢取想要的东西
也曾相信笑脸总会换来同样的表情
长大以后才发现有些美丽不能被接近
收获未必就能和付出成正比
爱不一定有回应

想要问自己　谁说的道理最有道理
是不是太年轻　所以才会相信有真理
最后的自己　又活在了谁的世界里
曾经很简单的开心　都变成了回忆

再见过去　再见任性　再见自己
那个梦想盛开的花季

被遗忘在哪里

接受了平静　接受了理性　也接受了世界的逻辑

那双年轻的眼睛

早已经消失在岁月里

忘记从什么时候学会掩藏真实的自己

把不公平理解成了另外的一种公平

忘记从什么时候学会言不由衷的语气

戴着面具来接受别人的面具

做规则的奴隶

总告诉自己　别人的道理没有道理

正因为太年轻　所以才会相信有真理

最后的自己　活在了别人的世界里

曾经很简单的开心　都变成了回忆

再见过去　再见任性　再见自己

那个梦想盛开的花季

被遗忘在哪里

接受了平静　接受了理性　也接受了世界的逻辑

那双年轻的眼睛

早已经消失在岁月里

繁华的城市太过拥挤
没有给纯真留一块土地
能否鼓起勇气　相信自己
拒绝理想的废墟

最后的自己　要活在自己的世界里
曾经很简单的开心　不能变成回忆

再见到过去　再见到任性　再见到自己
那个梦想盛开的花季
一直都在心里
接受了平静　接受了理性　还要接受简单的逻辑
虽然年轻的眼睛
早已经消失在岁月里

虽然拥有了成熟的眼睛
也可以年轻在岁月里

写于2012-5-27

为Mr. Children《祈り～涙の軌道》填词

初恋

和你的身影一起　制造温暖的脚印
夕阳　溢出青涩的美丽　在堆积着回忆
并肩而行的花季　我和你若即若离
呼吸　属于两人的空气

放学路上遇见　有一些会腼腆的脸
那慢慢发酵的爱恋　隐藏在语气间沉淀
你沉默的笑颜　虽然只随口聊着闲
却依旧会让我突然　有触电的感觉

和你的身影一起　制造温暖的脚印
夕阳　溢出青涩的美丽　在堆积着回忆
并肩而行的花季　我和你若即若离

呼吸　初恋的甜蜜空气

如果表白心愿　或许紧张愈加明显
恰到好处的距离感　却会让人更加爱怜
昨夜梦境重现　一同骑单车的画面
感受你在我的旁边　最幸福的发现

和你的身影一起　制造温暖的脚印
夕阳　溢出青涩的美丽　在堆积着回忆
并肩而行的花季　我和你若即若离
呼吸　初恋的甜蜜空气

写于2012-7-15
为手嶌葵《初恋の倾》填词

晴天小丑

戴着红色的鼻头　还有夸张的口红
杂耍在我的手中　变得很与众不同
把苹果扔向天空　然后将脑袋击中
你们都笑得激动我却很痛

我是晴天的小丑　挂着太阳的笑容
做自己喜欢的梦　不需要你们来懂
一直在不停练功　虚心是我的彩虹
面对所有的挑剔选择包容

周董说我是乔克叔叔
没有络腮胡
只有络腮红

转身离场是你们的自由
别来告诉　我的才华总会有观众
我只想为自己欢呼

假扮成水仙公主　要鸡蛋要用火煮
戴上南瓜再跳舞　突然变成大头菇
我的世界太丰富　全都是招牌演出
你可以不爱我但我不在乎

周董说我是乔克叔叔
没有络腮胡
只有络腮红
面具背后藏着什么脸孔
真实的我　不需要拥有太多观众
幸运女神一个就够

每天都踩高跷
再丢丢塑料刀
我在出售微笑
却不需要钞票
还免费赠送一首曲调
请到马戏团找我来要

我是晴天的小丑　挂着太阳的笑容

文字在我的手中　变得很与众不同

一直在慢慢熟透　成长是我的彩虹

面对所有不适合选择包容

周董说我是乔克叔叔

没有络腮胡

只有络腮红

面具背后藏着什么脸孔

真实的我　不需要拥有太多观众

幸运女神一个就够

何必让人关注

每个人都有观众

我等你为我欢呼

写于2012-7-22

为福山雅治《生きてる生きてく》填词

南极公主

躲在冰山的角落
寻找着透明的快乐
冬天要经过多少个日落
才能够让白色都变成沙漠

如果我　不曾懂得南极大陆的生活
只愿你冻结难过

在另一个半球
你的笑容　也能随着极风漂流
背道而驰的宇宙
或许冰冷　也是另一种温柔

用独特的沉默
在雪中品尝着快乐
脚印要经过多少个曲折
才能够让幸福都圈成王国

如果我　不曾懂得南极大陆的生活
只愿你告别寂寞

在另一个半球
你的笑容　也能随着极风漂流
背道而驰的宇宙
或许冰冷　也是另一种温柔

写于2012-11

为玉置浩二《Mr. lonely》填词

侧耳之间

2013

爱在心中

仍然还记得天真的小时候
有那么多想要实现的梦
岁月的风带走了懵懂
也带走我们一直拥有的感动

长大后明白世界其实很重
学会接受是主动的开头
懂得宽容才能够从容
才能接近一直向往的自由

故事里没有一帆风顺的主人公
虽然偶尔会有伤痛
春光来临之前总要经历寒冬

雨过天晴以后就是彩虹

当爱在心中　当爱在心中
每个人都会变得非常与众不同
幸福盛开在每一分钟
擦干眼泪以后
再继续飞向天空

不害怕伤痛　努力向前冲
在风雨之中依旧绽放美丽笑容
温暖一直在我左右
因为有爱在我的心中

写于2013-2-10

为槇原敬之《どんなときも》填词

爱

闭上眼　停住了时间
牵着你的手　呼吸这世界的新鲜
蒲公英　摇曳在耳边
风的味道有一种特殊的甜

整个夏天　都是依恋
因为是你　所以甘愿

爱是无名指的圈　是心甘情愿的冒险
爱是不需要理由的想念
爱是幸福的瞬间　是平淡中微笑的脸
爱是陪在你身边的每一天

感谢你　能和我相遇
让自己的心　拥有了坚持的勇气
一直都　想要告诉你
爱你这件事情　我奉陪到底

整个夏季　满是回忆
因为有你　所以美丽

爱是无名指的圈　是心甘情愿的冒险
爱是不需要理由的想念
爱是幸福的瞬间　是平淡中微笑的脸
爱是陪在你身边的每一天

写于2013-5

为一青窈《ハナミズキ》填词

朔月

曾以为　自己会
孤单地凋谢
就好像
飘零的落叶
曾以为　要面对
乌云的残缺
灯熄灭
全都是黑夜

但是却遇见
你温暖的笑脸
才发现落叶归根的感觉
原来黑暗中

光芒也会出现

因为你是我的明月

如果说

承诺的期限是永远

我愿意

守在你身边

只因为

我相信有你的世界

值得用

一生去了解

写于2013-11-25

为和田薰《时代を越える想い》填词

侧耳之间

2014

无眠的夜　未眠的梦

每一早 ※ 每一天

听到梦想吵闹 ※ 试着打破单调

拉开窗帘发现阳光还在睡懒觉 ※ 只要让感觉不对喧器审美疲劳

给自己上紧发条 ※ 快乐会出乎预料

有时候 ※ 不想要

心情也很糟糕 ※ 选择投机取巧

人生就是一边得到却又一边丢掉 ※ 幸福的预兆信赖自己会更加可靠

不多不少　总是正好 ※ 温暖的人　自有拥抱

我知道

生活不会把所有答案都揭晓
必须要自己来寻找

结果其实并不重要
享受过程中的美妙
迎着阳光闪耀自信的唇膏
微笑是我绽放的骄傲

成熟总会爬上外表
心跳却未必会苍老
高贵源自内心的格调
将幸福写成信条
扬起嘴角

写于2014-4

为柴崎幸《眠レナイ夜ハ眠ラナイ夢ヲ》填词

微笑的阳光

静下心　想想自己写作的轨迹
原来已经过了十年　一眨眼而已
从年少时的偏激　以及悲伤的情绪
到现在已经变成了截然相反的东西

经受过所谓的打击　承受过想象的压力
我知道文字的成长需要挫折的默契
所以得保持节奏　还需要虚心接受
这世界仍有许多的东西值得我解构

爱是一种能力　并不是逢场作戏
不依赖任何主义　而善良就是真理
也许存在怀疑　真的没有关系

只要你相信　生活总会给你回应
我主张的文艺　并不是负面的情绪
而是要更加积极　微笑着面对恐惧
试着用理性　创造出感性
收获与失去　都应该珍惜

用文字的魔力　写真实的笔迹
我　还会选择勇气
既要温暖他人　更要激励自己
我　还会坚持下去

写作发源于梦想　是与自己的碰撞
思绪自由得就像在大海中游荡
从诗词的平仄　到学术的文章
都是被精心培养的一种花香

标点符号的倔强　和素颜韵脚的想象
银色时间的篇章　有子弹穿梭的模样
我不想成为躲在井底的国王
拒绝太过理想　与现实关系紧张

我并不喜欢对恐惧说投降

所以才要释放自己所有的热量
其实并不存在所谓的原谅
可以学会享受那些质疑的声响
或许辞藻并不适合分享
但我希望每份幸福都有合适的土壤
要让温暖　在字里行间绽放

用文字的魔力　写真实的笔迹
我　还会选择勇气
既要温暖他人　更要激励自己
我　还会坚持下去

老师跟我讲　简单是最强人的力量　只要努力　就能够坚强
我对自己讲　笃定内心的信仰
坚持带来希望　我相信　微笑总会带来阳光

用文字的魔力　写真实的笔迹
我　还会选择勇气
既要温暖他人　更要激励自己
我　还会坚持下去

写于2014-12-28，改于2022-8-24

为FUNKY MONKEY BABYS《樱》填词

侧耳之间

2015

光

开始被倦意模糊的视线
落在凌晨两点的天花板
看到了一节词段而振作
原来竟是自已写的温暖
目睹着孤单　变成了平淡　证明这颗心活着

如果无法承受这场寂寞
就关掉会触动泪腺的歌
不用勉强自己假装快乐
难过不也是快乐的折射

结束又开始　开始到结束
黑白的画布　感谢将回忆涂成幸福

所以

抬起头　抬起头

不要让温热的泪离开身体

将它流回干涸的心

放开手　放开手

时间总会带走所有不适合

留下了真实

不停穿梭　不断交错

因为始终相信

未来在对面　微笑等着我

写于2015-7-26

为手嶌葵《光》填词

愿

紫罗兰的花瓣
簇拥着绽放
在乡间小路两旁
两个人就这样一直静静地
微笑迎接曙光

斑鸠鸟的声响
在森林回荡
随天籁飘向远方
两个人就这样一直静静地
并肩目送夕阳

就算再短暂的时光

也能够让陪伴拉长

被冬雪覆盖的
蓝色情人草
也在呼唤着春天
两个人就这样一直静静地
牵手迈向漫长

流星雨的光芒
如果能让我
实现唯一的心愿
只希望地球上满满的都是
这样温柔的爱

写于2015-8-18

为玉置浩二《愿い》填词

一路明媚

心中的期盼在呼唤　在静谧的夜晚　祈愿悸动的梦中　能看到希望的彼岸
现实的不安和伤感　尽管偶尔会重演
但是未来的某天　一定能和幸福相见

就算在旅途上曾经不断重复辗转
至少双眼能多看一遍天空的浩瀚和蔚蓝
即便前方依然长路漫漫也让微笑与我相伴
因为沿途一定盛开着明媚的灿烂

目送着背影的远离　渐渐归于平静　放空沉重的身体　闭上眼睛侧耳倾听
经历的春风和细雨　还是秋叶与花季

无论得到或者失去　也都是一样的美丽

心中的期盼在呼唤　在静谧的夜晚　祈愿悸动的梦中描绘出希望的彼岸

现实的不安和伤感　永远都诉说不完

宁愿用同样的嘴唇　歌唱出温柔的词段

即使某些回忆在脑海里渐渐封闭

善良的心也能够听到温暖的呢喃和细语

其实在被现实敲成支离破碎的梦想之镜里

总会映射出现另一片崭新的风景

温暖的晨曦很安静　走进我的窗棂　被放空后的身体也开始一点点充盈

不再去奢望和找寻　属于遥远的距离

因为最珍贵的东西　一直安放在这里

静静地在我的内心　从来都未曾失去

写于2015-8-29

为木村弓《いつも何度でも》填词

还是那只熊

穿梭在被松林覆盖的世界　寻找着专属于自己的花园
阳光透过微风抚摸的树叶　我看见岁月静静摇曳

灌木丛中荆棘遍布　用专注来拒绝内心的荒芜
风度就是我的态度　一个爪印配一个脚步

我是一只熊　绝对不罢休　所有的沉重　都是蜂蜜桶
挪威森林中　偶尔会丢失一道彩虹　还有爱装满的洞
还是那只熊　永远抬着头　眼泪和笑容　都引以为荣
冰冷的寒冬　也能怀拥最温暖的梦　总会与春天重逢

穿梭在被青苔覆盖的荒野　寻找着破晓之后蔚蓝的天
白雪飘过极光装饰的季节　我听见心跳依旧坚决

理性　感性　偶尔任性　全都是我无与伦比的个性
开心　伤心　都要安心　生活就是成长的旅行

偶尔是维尼　偶尔是泰迪
偶尔是倒霉的自己　没关系
因为有温柔的关心　所以有坚韧的毛皮

我是一只熊　绝对不罢休　所有的沉重　都是蜂蜜桶
挪威森林中　偶尔会丢失一道彩虹　还有爱装满的洞
还是那只熊　永远抬着头　眼泪和笑容　都引以为荣
冰冷的寒冬　也能怀拥最温暖的梦　总会与春天重逢

写于2015-11-9

无名草

从襁褓　到年少　世界那么小
却好像能够走到天涯与海角
摔一跤　睡一觉　疼一闭眼就可以忘掉
再继续奔跑

前一秒　后一秒　顺时针的表
照片和镜子哪个自己更可笑
得也罢　失也好　曾经装满童话的城堡
已全部推倒

来得迟　去得早　生活名叫不刚好
总等到　雨停了　才埋怨预报
成熟就像是一把不杀人的刀　削平棱角　刻出烦恼

一人哭　两人笑　用余生换儿孙围绕
算不算美好

向东跑　向西找　岔口的路标
理想和现实哪个先学会阻挠
这也好　那也要　多少长满纯真的山坳
已荒烟蔓草

得不到　丢不了　其实全都刚刚好
花会凋　人会憔　岁月不会老
答案总是要等到最后才知道　谁是需要　何为炫耀

不必追　不必逃　该来的偶尔也会迟到
所以才更美好

写于2015-11-18

为岸部真明《Flower》填词

侧耳之间

2016

二人世界

爱情电影里播放的剧情　男女主人公奇迹般重逢
你自然地将头向我靠近　假装要遮掩哭红的眼睛

顺势地亲吻你的时候　让自己慢慢变成大人模样
却也是这同样的时候　让自己变成了简单的孩子

二人世界很小　却宽阔无边
你让每天都充满惊喜的冒险
你恰好的出现　让过去情有可原
就算是　生活有太多的不完美
因为你　我喜欢上自己的残缺
我们的相遇成全了　所有的一切

掏出钥匙打开夜晚的门　看到餐桌上已微凉的汤
而你却好像菊石猫一样　带着睡相静静趴在桌旁

微笑着抱起你的时候　感觉自己总是为你而烦恼
却也是这同样的时候　感觉自己忘掉了别的烦恼

二人世界很小　却宽阔无边
你让每天都充满甜蜜的冒险
你恰好的出现　让过去情有可原
就算是　生活有太多的不完美
因为你　我喜欢上自己的残缺
我们的相遇成全了　所有的一切

写于2016-2-1
为平井坚《hug》填词

给明天的信

时光　在榕树上摇晃　温暖的晨曦曾经陪伴在我身旁
很稚嫩的想象　却饱含着能量
快乐和悲伤　尽情释放

麦浪　在田野间荡漾　红晕的晚霞已经照射在我脸上
彷徨地看着　地平线的远方
正朝向未来　无限延长

我希望　明天的自己依旧坚守善良
能记住现在的模样
爱恨的纠葛终将是平淡的过往
就像　就像　所有的坚强　终将绽放

灯光　将不夜城照亮　却黯淡了内心之中温暖的花房

越拥挤的地方　也往往越空荡

赞美的背后　常有中伤

眼神　在人海里迷茫　忍受和接受之间总是隔着成长

当沧桑爬上　熟悉的脸庞

才发现时间　一如既往

我希望　明天的自己仍然留着梦想

能记住现在的模样

流过的眼泪终将是绚烂的芬芳

就像　就像　所有的坚强　终将绽放

写于2016-3-23

为手嶌葵《明日への手紙》填词

致你

君子兰的花朵　迎着风声在唱歌
谁的古稀让岁月都沉默
在北疆的雪国　一只湛蓝的天鹅
静静地游弋在那片洗净月色的湖泊

时光的八音盒　奏响熟悉的清澈
原来这段故事仍然温热
十年之前的我　带着稚嫩和青涩
做了一个无可取代的选择

口无遮拦的时候
被人嘲笑的时候
以及害怕寂寞却还独自看星的时候

难过流泪的时候
故作成熟的时候
所有曾经发生过的都值得
用挥霍换来收获

任性而倔强的我　走的时候忘了说
因为有你　所以有我
回忆深处的快乐　还带着暖暖的热
每一双眼神的温柔我都记得

如果能再次经过　我一定要对你说
因为是你　所以适合
爱是无言的承诺　陪伴是长情的歌
而你则是我生命里永远清晰的印刻

十年后的生活　躲在城市中穿梭
曾和多少相遇擦肩而过
但你存在的轮廓　就像彩虹的光泽
总是会出现在恰好的角落

三缄其口的时候
学会自嘲的时候

以及回想从前感觉傻得可爱的时候
淡然微笑的时候
心如赤子的时候
那一片春天长留在我心中
从不愿轻易褪色

任性而倔强的我　走的时候忘了说
因为有你　所以有我
回忆深处的快乐　还带着暖暖的热
每一双眼神的温柔我都记得

如果能再次经过　我一定要对你说
因为是你　所以适合
爱是无言的承诺　陪伴是长情的歌
而你则是我生命里永远清晰的印刻

写于2016-4-26

为平井坚《青空伞下》填词

致母校吉林大学七十周年校庆

回忆之中

昏黄的路灯和你呼出的白烟　此刻正缓缓地乘着风
然后一点一点又一点消失在　属于天空的浮云之中
在那遥远而咫尺般的高空　白云也淡然地伸出左手
微笑接纳了你呼出的白烟　然后自顾自着继续飘游

仿佛已过了很久
当往事褪色以后
忘记归处的云朵
在河面潺潺地流

天桥台阶上生而无名的狗　闭眼沉浸在简单的梦
回忆也从白云经过的风中　一滴一滴地消逝无踪
其实这片苍穹的延伸之处　还有另一片万里晴空

在那无人知晓的蓝天里　浮云依旧自顾自着飘游

仿佛已过了很久
当往事褪色以后
忘记归处的云朵
在河面潺潺地流

昏黄的路灯和你呼出的白烟
此刻正缓缓地乘着风
然后一点一点又一点消失在
属于天空的浮云之中

与于2016-7-21

为铃木常吉《思ひで》填词

温爱

阳光洒落树梢　麻雀不停争吵　好奇着谁又成为谁甜蜜的烦恼

和风开始撒娇　迎面吹过鬓角　把你侧脸的美都衬托得很刚好

沿着蒲公英围绕的坡道

我牵你走过乡间的桥

快乐都能够被鱼儿听到

你闭眼　我心跳　溪流也在潺潺窃笑

微笑你的微笑　计较你的计较

幸福着你感到幸福的每一秒

烦恼你的烦恼　需要你对我需要

爱着你爱的美好

榕树上的知了　还在傻傻鸣叫　假装无视我关于你的小小炫耀

冰激凌的味道　停在你的嘴角　我用拇指轻轻抹成两人的唇膏

走过在田垄围观的水稻
你微笑伸了一个懒腰
将雏菊编成环背身藏好
你闭眼　我心跳　安静了所有的喧嚣

微笑你的微笑　计较你的计较
幸福着你感到幸福的每一秒
烦恼你的烦恼　需要你对我需要
爱着你爱的美好

写于2016-7-30

为辻亚弥乃《月が泣いて》填词

一捻红

紫菊飘零　满江秋色诗意浓
执笔落处　却又无言于词穷
鸿雁向南　一缕青山几万重
思念太薄　婵娟也难以与共
江南乌龙　初晓浸泡雾迷蒙
待到茶冷　若兰香馥才汹涌
三千繁华　信誓旦旦捞一泓
水中明月　只可远观不能碰

风如雨　雨如风　风雨都如梦
恍然间　流年偷走了浮生
悲若喜　喜若悲　悲喜皆空
才知平淡最香浓

圈一座城　想把你装满一生
砖瓦堆砌　却连回忆都尘封
欲化春泥　守护花开的始终
落红有情　风过却了无影踪
一饮而尽　徒留浇不透的愁
今宵醒后　不将一滴沾酒盅
出离于外　却又步入红尘中
芸芸如我　原来因缘最难懂

风如雨　雨如风　风雨都如梦
恍然间　流年偷走了浮生
悲若喜　喜若悲　悲喜皆空
才知平淡最香浓

写于2016-8-16

为加羽沢美浓《夕焼け云》填词

我的爱只为你而存在

羞涩的阳光偷偷亲吻晨曦
不经意间唤醒温暖的风景
窗台的三色堇睁开了眼睛
轻声地呼吸着甜蜜

相恋就像温室效应　将给你的爱反射温暖我自己
爱并不是深邃的哲学问题　你却是我内心的主义

你的美丽微笑让幸福被期待
绽放出绚烂色彩
牵着你给的手绝对不会放开
我的爱只为你而存在

童话的王国描绘梦的梗概

白马护佑着英伦式的裙摆

公主的加冕礼最适合油彩

爱你如初　没有意外

相爱是真心的冒险　让感觉瞬间游遍所有的世界

如果命运真的会有人安排　你就是我最美的应该

爱的温暖阳光让幸福都盛开

绽放出绚烂色彩

要把你的微笑装满所有未来

我的爱只为你而存在

写于2016-10-26

为小事乐团《アイガアル》填词

笑的辩证法

所有的渺小其实都伟大 ※ 所有的简单其实都复杂

只要在显微镜中 ※ 只要有太多想法

所有的沉重其实都轻松 ※ 所有的喧嚣其实都静谧

只要身在外太空 ※ 只要装上隔音器

所有的低谷其实都算巅峰 ※ 所有的陌生其实都曾熟悉

只要看作山顶的坑 ※ 只要看作久别重聚

所有错过其实全都是为了 ※ 所有拘束其实全都是为了

与注定的容颜相逢 ※ 能更加自由地飞行

全力拼搏的人才会遗留下伤疤　驶向汪洋的船才会被风暴吹垮

最沉痛的击打是最幸福的提拔　只要学会自我扬弃就能再出发

欣然地去接受　命运限定的所有
无论失败与成功都是微笑的理由
跟随心的节奏　恪守坚强的温柔
想要追求的自由交给自己来造就

生活是用过错来寻找对的选择
被付出的往往也能带回更多
悔恨预示着希望　眼泪代表着成长
所有批判都值得写成赞歌

欣然地去接受　命运限定的所有
无论失败与成功都是微笑的理由
跟随心的节奏　恪守坚强的温柔
想要追求的自由交给自己来造就

写于2016-10-27

为FUNKY MONKEY BABYS《明日へ》填词

恋

有一点快乐
就像魔法的糖果甜蜜了我
可是在心中又会疑惑
这种感觉究竟是不是真的

有一点难过
看着手机中的你突然沉默
是不是自己太过小心
反而一不留神说错了什么

美丽的你并不是我的选择
而是命运选择了你和我
这相遇让我手足无措

幸福又失落

恋爱的感觉到底是什么
每天梦到你又该如何摆脱
坚实的寂寞已被你攻破
带着笑容闯进了心窝

恋爱的出现到底为什么
美丽的双眼让我无法闪躲
故事的情节已被你囊括
外表对你冷漠
内心为你炽热
爱是无可奈何的快乐

有一点适合
把你细微的动作都写成歌
所有的真爱都有坎坷
记得莎士比亚曾这样说过

平凡的我并不是你的选择
而是命运选择了考验我
这相遇让我手足无措

幸福又失落

恋爱的感觉到底是什么
每天梦到你又该如何摆脱
坚实的寂寞已被你攻破
带着笑容闯进了心窝

恋爱的出现到底为什么
美丽的双眼让我无法闪躲
故事的情节已被你囊括
想了太多如果
不敢假设结果
爱是心甘情愿的难过

恋爱的出现到底为什么
美丽的双眼让我无法闪躲
故事的情节已被你囊括
试着努力挣脱
最后还是沦落
爱是情非得已的适合

写于2016-11-2

为星野源的《恋》填词

夏末

一个人　呢喃着什么
消失在　路灯沉睡的夜色
就好像　我对你说过的那首歌

梦醒前　重温了一遍
大概是　忘记挽留的夏天
苦笑着　把思念全部都撕成线

你离开了以后　我才学会难过
才懂得寂寞很痛　很难主动地摆脱
夏末之后　我们注定会不同
时间不回头　带走熟悉的温柔

忽然间　沉默的对面
才发现　你早已有所改变
笑着说　就不要再继续聊从前

你离开了以后　我才学会难过
才懂得寂寞很痛　很难潇洒地逃脱
夏末之后　我们注定会不同
时间不放手　徒留无奈的自由

夏末之后　我们注定会不同
时间不还口　带走爱过的理由

写于2016-12-17

为玉置浩二《夏の終わりのハーモニー》填词

侧耳之间

2017

天使漫步

黄昏的时刻　夜在飘落
灯也笑着唱歌
那些不适合声张的快乐
被月色一次性说破

侧耳倾听着　星的私语
就像你在播音
就连文森特的艺术作品
都羞涩地闭上眼睛

温暖的笑容　美丽的脸孔
最适合被珍宠
不用你开口　只愿你听懂

这就是爱的自由

真实的镜头　你的所有
无条件地接受
比剧本还要平凡的生活
比你还要顽固的我

善良的温柔　可爱的脉动
最适合被珍宠
你不用开口　我慢慢听懂
这就是爱的理由

写于2017-2-13
为merico《Kirari futari》填词

弗拉明戈

眼神穿行在伊比利亚乡间
雪莉酒拉长了时光的边缘
腓尼基文字记录着桂尔宫的誓言
你的酒窝藏匿在科尔多贝斯酒馆

弗拉明戈适合口哨的渲染
毕加索抽象了音韵的展览
哥特风的诗将词令都涂抹成斑斓
你的发色折射出直布罗陀的蔚蓝

弗拉明戈的臂弯　欲进还退的狂欢
有致的动静　错落的快慢
格拉西亚的大道　千变万化的夜猫

野性的雅观　优雅的性感

在巴塞罗那的窗台上演
谁和谁亲吻的画面
吉卜赛旋律的起点
伴着夜的节拍出现
广场边
古巴雪茄的烟
熏开一种晕眩
而你
是我永远跳不完的依恋

写于2017-4-26

樱桃

夕阳默默藏在云里　虞美人在街边细数着呼吸
你的侧脸带着春天的痕迹
笑容却又透出盛夏的美丽
微风鼓励我说爱你　用食指轻轻勾住你的手心
默契
是接触的温馨　是轻柔的耳语
是我给你的爱情

遇见你　是我一生的荣幸
爱上你　是我自豪的任性
因为你　我学会付出全力
毕竟你　就是微笑的意义

夕阳缓缓地沉下去　并不是所有的故事都顺利
就像樱桃总是辛酸的甜蜜
就像承诺需要时间的证明
夜风教会我牵着你　用掌纹紧紧握住你的手心
约定
是并肩的旅行　是未来的憧憬
是你说的“我愿意”

遇见你　是我一生的荣幸
爱上你　是我自豪的任性
因为你　我学会付出全力
毕竟你　就是微笑的意义

写于2017-6-20
为福山雅治《チェリー》填词

你就是你

总是在崎岖的路上停留　仰望着天空
总是在摔倒受伤了以后　才学会往前走

人生并不是取悦身边的观众
要接受掌声的沉默
成长也不是模仿特定的角色
寻找自己的节奏

你就是你的快乐　何苦为别人难过
管他们说什么　全部都一笑而过
你就是你的炉火　自己让自己振作
把心中的温热　带给每一个人的生活

总是在瓶颈的时候放手　说着没什么
总是在后悔错过了以后　才学会去突破

人生并不是追求所有的适合
要学会去适合所有
成长也不是继承他人的宝座
创造自己的光荣

你就是你的英雄　无须让别人感动
坚持着你的梦　这世界总会听懂
你就是你的星球　自己靠自己拯救
用始终的笑容　照亮每一个人的宇宙

写于2017-7-24
为SMAP《君は君だよ》填词

圣域

水晶吊灯在编织真实的梦
绅士的矜持被折射成霓虹
停止转动的时钟
开始躁动的荷尔蒙
丘比特用箭头刺穿了心胸

香奈儿的味道晕眩着双瞳
轩尼诗在高脚杯之中怂恿
唇膏自信的闪烁
目光却调皮的闪躲
连眼角的痣都释放着魅惑

总是用背影的袅娜对我说

若即若离的风格
都不过矫揉造作

你的笑容　你的温柔
坐落在神圣的山丘
我的虔诚　我的歌颂
仰望着裙角的摆动
无需理由　不问来由
从此没有　爱的自由
就让你渗透危险的眼眸
把我带走　漫无尽头

写于2017-8-1
为福山雅治《圣域》填词

佳人

江南的朦胧唤醒晨钟
温婉如芙蓉
宣纸与墨滴诗意正浓
韵脚如胭红
你不经意的笑容
成全所有的匆匆
那缘分含苞待放
等一场春风

浮云伴新雨洒落桥头
窈窕如溪流
蝴蝶纷飞出一帘幽梦
心意如泉涌

你不经意的低头

点破所有的懵懂

那情思一望无尽

淹没了忧愁

佳人浅笑的回眸

羞涩柳绿和花红

繁华将美丽描成眼角的从容

佳人转身的嫣容

带走青涩的影踪

任岁月提笔添上成熟的温柔

写于2017-8-31

像风一样

挂在屋檐的紫色铜铃
放声歌唱喜悦的心情
当沉默的云从梦中惊醒
闭眼聆听　爱情来临的声音

帆船突然决定了旅行
麦田突然告别了安静
当天空微笑拥抱纸飞机
闭眼聆听　爱情靠近的声音

磨坊开始转动起身体
跟随无需节奏的旋律
睡在小巷角落的叶子

也学会自由地飞行

接收呼啸而过的感应
享受扑面而来的甜蜜
就让我们缓缓闭上眼睛
任由爱情　卷走所有的伤心

爱是无法停止的呼吸
也是不会凝固的空气
这缕温馨将两个人沉浸
带我们　飞向未知的美丽

写于2017-10-8

为やなわらばー《風になりたい》填词

可惜

曾经期待暴雨　因为可以陪你到天明

喜欢耳语只是要贴近你的气息

你在我肩膀的呼吸　还有睡着时的表情　原来也经不起时间的代替

当我们学会保持距离　当不联系变成了默契

当朋友叙旧时才会提你的姓名

当故事渐渐变成了回忆

只是有一点可惜

这种感觉最教人伤心

是否所有爱情　难免经历过以旧换新

也曾因为分开有过一点点侥幸

笑着自己太过年轻　然后轻描淡写忘记　只是为了证明没输给曾经

当我们学会保持距离　当不联系变成了默契
当朋友叙旧时才会提你的姓名
当故事渐渐变成了回忆
只是有一点可惜
这种感觉最教人伤心

当我们学会控制自己　当不适合被作为原因
当朋友提起你已经说了我愿意
当所有寝食难安的情绪
总会有一天适应
有些爱情也不过而已

写于2017-12-30

侧耳之间

2018

辩护方

我承认拥吻后的甜蜜镜头最适合结尾
现实中却满是不欢而散的即兴发挥
坚定的立场归咎着脆弱的是非
时过境迁发现谁错谁对全都无所谓

其实所有的理想盛开时都非常完美
为什么经过现实的曝晒就慢慢枯萎
光怪陆离的浮世绘　面具后的名利派对
别推给花花世界的原罪
是自己忘了防备

你是否用沉默在心中筑起虚伪的堡垒
带着训练好的微笑去面对复杂的周围

枪林弹雨般的责备　莫名其妙变成炮灰
别控诉被反派人物针对
是自己用错防备

别总说被误会
每个人都需要享受专属的累
生活的不公平正是为特别的你而准备
不前进就后退

别总说你以为
时间不接受任何反驳的机会
与其费尽心力去辩护自己的无罪
还不如选择无畏

写于2018-4-10
为谢安琪《喜帖街》填词

永远不说再见

再多靠近一点
把你的手　放在我指尖
然后用一个圆圈
给你安全

幸福的誓言
每一天　都心甘情愿
未来所有的冒险
一同体验

感谢你圆满了我的世界
陪我走过每条纷扰的大街
看着春去秋来

一遍又一遍重演

才发现

你定义了时间

你的笑脸　在我眼前

你的温暖　在我心间

能不能让我一直守在你身边

从今天　到明天

让起点　无限蔓延

永远

永远不说再见

写于2018-8-2

为山下达郎《ずっと一緒さ》填词

雪花

夕阳染红风景　就像熟悉的电影
整个街道开始冷清　只有你和我的脚印
肩并肩的身影　手牵着手的旅行
多想一直不用暂停　任由眼泪结成冰

我听见　夜风吹过了窗棂　冬天的味道逐渐清晰
在灯火阑珊的城市里　每个人之间的距离
被温度而拉近

就让雪花的美丽盛放出这一季
两个人依偎在一起
仰望着被幸福凝聚的空气
然后慢慢同步所有呼吸

温柔的原因是无限的勇气

在耳边诉说一句我爱你

用发自内心深处的声音

只要身边有你　就是最美的确定

无论经历多少风雨　我都可以坚持到底

只愿身边有你　可以永远不分离

哪怕时间拒绝休息　我也不会说放弃

我听见　夜风把街灯摇醒　冬天的味道逐渐清晰

就算是再悲伤的剧情　也要把笑容送给你

让眼神更坚定

就让雪花的美丽盛放出这一季

两个人依偎在一起

仰望着被幸福凝聚的空气

然后慢慢同步所有呼吸

牵手的原因是心跳的默契

才发现为谁付出的思绪

原来这就是相爱的证据

如果某一天会迷失在人海的潮汐
不确定曾相逢的我们能否再相遇
那就让我变成银河之中璀璨的繁星
从现在直到永远微笑着守护你

就让雪花的美丽盛放出这一季
两个人依偎在一起
仰望着被幸福凝聚的空气
然后慢慢同步所有呼吸

温柔的原因是无限的勇气　因为你　我才相信
在耳边诉说出一句我爱你
用发自内心深处的声音

雪花的美丽盛放出这一季
两个人永远厮守在一起
每一片雪花缓缓地落地　让我拥有了爱的回忆
从今以后也要和你走下去

写于2018-12-3

为中岛美嘉《雪の华》填词

侧耳之间

2019

风格

咖啡色的琥珀
玻璃窗的光泽
微风拨开云朵
闪而过的彩虹

紫水晶的折射
杯垫上的温热
用眼神来触摸
那些不能道破的适合

岁月斑驳了角色
不管你是谁　不管谁是我
不留线索

时间诉说着脉络

你是我唱不完的那首歌

默写你的风格

用完所有笔墨

关于美的解说

被你诠释得透彻

背诵你的风格

就是一种快乐

不用特别上色

就让我学会　简单的深刻

写于2019-8-21

为伍伍慧《魔法がとけるその前に》填词

依然洄游

有一些熟悉的感觉

有一些温热的错觉

风吹过的季节

我看见黄色的叶飘落在眼前

很贴切

有一些孤单的深夜 ※ 有一些从容的理解

有一些纠缠的岁月 ※ 有一些真实的喜悦

你始终的笑靥 ※ 偶尔会有纠结

恰好地温暖了我心中的世界 ※ 但是却依然想洄游到你身边

很亲切 ※ 很坚决

阳光不停地堆叠　快乐是一种宣泄

我的爱　最需要自己了解

梦没有实现 ※ 沉默了语言

所以也就不会凋谢 ※ 有缘人也能够听见

我还期待那一天 ※ 我还期待那一天

两个人互换的誓言 ※ 两个人执手的画面

平淡的章节

永远是灿烂的铺垫

掀开了下一页

能看见

我和你在幸福的季节

写于2010-11-13，改于2019-11-2

为持田香织《まだスイミー》填词

侧耳之间

2020

柠檬

多希望这一切只是夜深人静的梦乡
只要睁开双眼就能重温微笑的脸庞
多希望这一切只是电影镜头的幻想
只要转身离场就能看到熟悉的模样

可是当这一切化作生活的百孔千疮
就连呼吸都已变成极尽奢侈的想象
可是当这一切化作幸福破碎的镜框
那些被休止符隔开的爱如何去分享

眼泪是思念的形状
陪伴是勇气的衡量
每点每滴的希望

都是一种立场

因为曾经悲伤　所以坚强
因为曾经受创　所以成长
因为曾经迷惘
所以相信路的尽头是阳光
就像柠檬一样
苦涩之后才能够品尝到芬芳
当雨过天晴的时候也不要选择遗忘
辛酸的回忆总是蕴含着温暖的力量

如果这一切都已经成为眼前的平常
那就让我们用短暂的孤单换取漫长
如果这一切都已经成为真实的声响
那就让我们用安静的微笑大声歌唱

眼泪是思念的形状
陪伴是勇气的衡量
每分每秒的希望
都是一种立场

因为曾经悲伤　所以坚强
因为曾经受创　所以成长

因为曾经迷惘
所以相信路的尽头是阳光
就像柠檬一样
苦涩之后才能够品尝到芬芳
当雨过天晴的时候也不要选择遗忘
辛酸的回忆总是蕴含着温暖的力量

时间在我们一方　等待明天的绽放
承诺在我们身旁　守护生命的匆忙
爱意在我们肩膀　抚平心跳的紧张
希望在我们心上　才能找到对的方向

因为曾经悲伤　所以坚强
因为曾经受创　所以成长
因为曾经迷惘　所以相信路的尽头是阳光
就像柠檬一样　苦涩之后才能够品尝到芬芳
当雨过天晴的时候也不要选择遗忘
消失的容颜必须要活在我们的心房
辛酸的回忆总是蕴含着温暖的力量

写于2020-2-3新冠疫情期间
为米津玄师《Lemon》填词

北冰洋的鱼

记得曾经故作聪明
游弋在自以为是的洋流里
“我确定　我相信”　带着怀疑的表情

但当自己陷在纷乱的潮汐
却那么地无能为力
“对不起　没关系”　循环的剧情

接着某年某月某日
镜头定格在某一个瞬间里
“你只是　骗自己”　就像海啸的冲击

然后看着水平线上的阳光

慢慢终止了暴风雨

“你一定　能够行”　无限的勇气

我只有七秒的记忆　却不想把你们忘记

虽然我并不够聪明

但那些笑容的美丽和动人的话语

都会珍藏在我心里

顺着温暖气息　游到这片海域

像我这一条来自北冰洋的鱼

也能够学会相信

因改变而确定　因确定而愿意

感谢你们微笑着在不远处不舍不弃

陪我游过风雨

必须承认自己偶尔

也会有些来自极地的情绪

“没关系　别说对不起”　那是深邃的声音

经过从温带到热带的洗礼

发现更多的可能性

“我相信　你可以”　比我更坚定

因为和你们的相遇　拥有了更多的记忆
虽然还有一点游离
但那些笑容的美丽和动人的话语
已经成为我的氧气

顺着温暖气息　游到这片海域
像我这一条来自北冰洋的鱼
也能够学会相信
因改变而确定　因确定而愿意
感谢你们微笑着在不远处不舍不弃
陪我游过风雨

顺着温暖气息　游到这片海域
像我这一条来自北冰洋的鱼
也能够学会相信
用这一首歌曲　哼唱心中旋律
因为你们让我确定开心的不只回忆
未来会更美丽

写于2020-8-8

为平井坚《#302》填词

笑颜

牙刷停留在杯中
静静地还期待着
再感受你所有的温柔

樱花凋谢在门口
当纷扰不断汹涌
靓丽的草莓才脆弱

一个人的我
还记得那时候
被你愈合的伤口
夏日被带走
却不留影踪

消失在岁月中

你的笑容
曾经照耀在天空
温暖了我
不知不觉地感动
你的笑容
只剩下一道彩虹
眼泪以后
才能懂

写于2020-9-30

为长濑智也《一个人的牙刷》填词

上海也是

凌晨三点的阳光依然照在我脸上
黑夜之后的景象也只是白昼的延长
人潮涌动的广场有多少属于他乡
越是陌生　笑容越绽放

上海也是个小地方
在地图上　三两个点来往　勾勒出了形状
时间的漫长变成极光　刻骨铭心和遗忘正同时登场

繁华的夕阳　沉默的曙光
风平浪静并不等于晴朗
人海之中到处是幸福模样
耀眼的灯光　哪盏为你点亮

浮沉的剧场　理想和现实较量
光怪和陆离最能吸引目光
学会了坚强　所以选择了退让
却总来不及选择倔强

滨江花园的雕像带着美丽的翅膀
车水马龙的蛛网却没有天空来飞翔
罗曼蒂克的容妆让每个人都漂亮
越是舞台　越适合隐藏

上海也是个小地方
在手机上　七八个人来往　然后狂欢一场
时间的漫长变成极光　看着希望和失望拥抱着登场

繁华的夕阳　沉默的曙光
风平浪静并不等于晴朗
人海之中到处是幸福模样
耀眼的灯光　哪盏为你点亮

浮沉的剧场　理想和现实较量
光怪和陆离最能吸引目光

学会了坚强　所以选择了退让
却总来不及选择倔强

城市的灯光比乌云更加暗淡月亮
想璀璨地释放　要温柔而坚强
星星也是遥远的太阳
请自己发光

繁华的夕阳　沉默的曙光
风平浪静并不等于晴朗
人海之中到处是幸福模样
那一盏灯光　总会为你点亮

浮沉的剧场　理想和现实较量
光怪和陆离只能吸引目光
无所谓倔强　所以无所谓退让
骄傲地盛放就是坚强

写于2020-10-17
为JUJU《东京》填词

侧耳之间

2021

雪风

我看着末班车消失在黑夜尽头
灯光下的雪花还在放肆地跃动
白色的脚印被吹走

我相信冷锋总是有过境的理由
也知道每片雪都有落下的自由
裹紧衣服之后　再走进雪风之中

所以说　笑容不是快乐　眼泪不是脆弱
越是喧嚣的心跳往往越是沉默
孤单不是寂寞　退让不是软弱
凛冽的背后或许也有炽热的烈火

我相信时针总是有转动的理由
也知道每个人都有选择的自由
雪风吹过之后　再走进阳光之中

所以说　冷漠也是温柔　单纯也是成熟
越是怯懦的灵魂往往越是争斗
放手也是拥有　失败也是成就
经过寒冬才学会创造温暖的宇宙

我看着末班车消失在黑夜尽头
灯光下的雪花还在放肆地跃动
脚印的存在　吹不走

写于2021-1-28
为Spitz《雪风》填词

笑傲

一夜灯火
两盏淡酒
几颗星枝头
想潇潇洒洒
却纷纷扰扰　不休

一段痴情
两厢厮守
几个真朋友
当寻寻觅觅
看恩恩怨怨　如梦

任刀光剑影穿梭　分不清对错

为争一时胜负　丢了一世快乐
若善恶自有因果　何必辨福祸
坦然的释然着　有爱的被爱着

繁华渐落
不过一场风波
辞令韵墨
辗转共鸣的琴瑟
心的平仄
爱唯你不破
酒剑唱和
我们笑傲的歌

写于2021-9-21

让子弹飞

途经了多少时间的片段 ※ 浮躁的世界太容易主观
一个人转 ※ 拒绝纠缠
漂泊在人海之中的狂欢 ※ 克服掉天性使然的慵懒
不需要帆 ※ 学会果断
故事总会有美丽的遗憾 ※ 要安静接受呼吸的平凡
已经习惯 ※ 选择坦然
让文字做我忠诚的伙伴 ※ 然后再埋头用力地追赶
递送温暖 ※ 甩掉牵绊

就算是深冬的严寒
也要开出最美的花瓣
纵然天空高不可攀 ※ 纵然大海深不可探
还是会向往着蔚蓝 ※ 还是会向往着蔚蓝

爱是简单成熟的浪漫
我坚持自己独到的喜欢
银色子弹
飞向那惊涛的彼岸
不怕孤单

无论会有多为难
都要做自己快乐的答案
一道阳光
让微笑都灿烂

写于2011-10-26，改于2021-10-26
为DEPAPEPE《风见鸡》填词

侧耳之间

2022

爱的一种

这座城市又多了几道霓虹　竟然也有一点点陌生
那时忽闪的灯　总会让两个影子变做一层
但现在经过这里的只剩下夜风

街道旁边留着温度的长凳　还记得第一次的相逢
广告牌的画风　从凡·高的向日葵变成星空
而你的幸福又变成了谁给的笑容

爱是我独自在照片中
却只有我记得镜头在你手中
有些章节虽然绝不开口　但以你开头
或许这也是　爱的一种

那瓣你放进小说里的桔梗　仍然在点缀主角的梦
但是故事尾声　我们回避的剧情在现实发生
才明白不情愿的并非代表就不可能

爱是约定了走到最后
但是又选择游向不同的河流
就让年轻的不懂成为放手的借口
或许这也是　爱的一种

爱是我们曾经牵过手
最后又各自交到另一双手中
那些章节有幸以你开头　所以不开口
或许这也是　爱的一种

写于2022-1-1

为羊毛とおはな《僕は空にうたう》填词

爱情神话

最经典的
往往最乏味
最不欢喜的
往往最匹配
最期待的
往往也是最遥远的
毕竟人们通常会自我难为

最灿烂的
往往最狼狈
最不在乎的
往往最珍贵
最讨厌的

往往也是最需要的

能够触手可及才是安慰

无论画板上有几朵玫瑰

高跟鞋断了就光脚撒腿

玩游戏的人换来一场独自伤悲

而真情实意却总有温暖相随

这世间最真的神话是相遇一回

这世间最大的笑话是注定一对

总要慢慢地体会　爱不是追求完美

而是任风雨洗褪　依然完好如初的美

写于2022-1-10

北风

清晨被雾气渲染的玻璃窗
就好像莫奈的油画赏
用手指描出了字母的形状
竟发现你的姓名如此得漂亮

习惯性装好你爱吃的牛奶糖
随时让甜蜜无比嚣张
用镜头记录下你最美的妆
识趣的花猫躲进街角的小巷

每次只有在你身旁
才能尽情地释放
爱并不是伟大的理想

而是为你学会成长

美丽的雪花正从天而降
落在你围巾上
看着那粉红色的脸庞
然后将我的围巾也为你套上

就算是凛冽的北风登场
也带着温暖的力量
只因为你笑着抱住我的模样
完美了幸福的立场

写于2022-3-15

为槇原敬之的《北風 ～君にとどきますように～》

玉兰之丘

我记得夜晚的街道也有无数的声响
霓虹灯那么闪亮不是为了孤芳自赏
只有遥远的距离才适合虚幻的影像
钢铁森林在江边还带着骄傲的立场
一如既往

我看着生活被隔绝成了一道道围墙
当不速之客突然打破所有习以为常
那些熟悉的场景现在只能依赖想象
曾经不屑一顾的东西变成自我嘉奖
为何这样

瞬间的失望也可能制造漫长

漫长的时光却需要每个瞬间孕育能量
在你不知道的地方
还有无数的肩膀
以你知道的信仰
走进无人的战场

雨下在城的空荡
风吹走街的熙攘
人为什么总是要经历风雨才学会成长
谁哭着选择坚强
谁笑着守护希望
每个人都可以是别人的阳光

我明白每一份艰辛都有独特的模样
撑过时间的挑战不能只靠心灵鸡汤
在肉眼不可及的远方还有爱的力量
低谷意味着只要向前就是对的方向
迎难而上

瞬间的失望也可能制造漫长
漫长的时光却需要每个瞬间孕育能量
在你不知道的地方

还有无数的肩膀
以你知道的信仰
走进无人的战场

雨下在城的空荡
风吹走街的熙攘
人为什么总是要经历风雨才学会成长
谁哭着选择坚强
谁笑着守护希望
每个人都可以是自己的阳光

雨下在城的空荡
风吹走街的熙攘
人总是要将雪雨风霜变成痛苦的滋养
谁哭着选择坚强
谁笑着守护希望
让我们一同期待明天的阳光

写于2022-4-10

为平井坚的《桔梗が丘》填词

2022年上海疫情期间作

温暖的诗句

世界　经过了窗外（16）
安静的心跳
低语的表白（13）
飞鸟　是云的裙摆（35）
天涯的晨光
戴上了霞彩（100）

表针不断地重来
座钟还在模仿着时间的梗概（139）
以为不相识的我们
从梦中醒过来　仍然相爱（9）

你的笑　将沉默变成了释怀
我一直为此等待（42）

我明白
最好的不会独来（210）
我期待
沿途的花在盛开（102）
我存在
温暖的阳光地带（22）

群星　将黑暗拨开（142）
暮色的阴霾
深沉的大海（122）
灯火　背后的等待（183）
夏花的绚烂
秋叶的离开（82）

花瓣美丽得很直白
这自由自在并不适合采摘（154）
接触或许会有伤害
而远离也是拥有的安排（197）

用歌声回应着痛苦的意外（167）
看见门为我敞开（83）

我明白
最好的不会独来（210）
我期待
沿途的花在盛开（102）
我存在
温暖的阳光地带（22）

生命是付出所有的爱（223）
痊愈后的伤疤也值得青睐（289）
永恒的节拍（96）
那就让“我相信你的爱”做最后表白（325）

我明白
最好的不会独来（210）
我期待
沿途的花会盛开（102）
我存在
温暖的阳光地带（22）

写于2022-8-5

为藤原惠美的《温暖的诗句》填词

文字取材于泰戈尔《飞鸟集》（配短诗标号）

云层之上

有的时候天气忘记了晴朗
有的时候运气转换了方向
有的时候想起有的时候
为何生活选择不同立场

有的时候笑容输给了悲伤
有的时候情绪占据了心房
有的时候想起有的时候
为何孤单总是最后离场

这就是我们真实的模样
而失望也能够成为幸福的土壤
其实理想不需要期待远方

那颗璀璨的月亮　一直在云层之上

希望
你能相信自己的力量
你能冲破未知的迷茫
就算乌云遮住光　我是你微笑的太阳

所以才要温柔着坚强
所以让整个世界站在你身旁
浩瀚的天空等你张开翅膀
骄傲地飞翔
我为你护航
勇敢地飞翔

写于2022-10-19
为funky monkey babys《あとひとつ》填词

后记

尽管自己已经出版过两本学术专著，但为作品集撰写后记却还是头一次的体验。记得曾在一个小故事里看到过：作家没有真情实感是走不通的。我不是个作家，但我也相信真情实感是这个世界上最珍贵的财富，而我希望这本诗词集的后记同样可以简约而直白地呈现自己的真情实感——因为如果没有真情实感，本书所充斥的韵脚便也不会在这二十年间应运而生从而被出版。故而，在本书付梓之际，请容许我对以下人士表达最真挚的感恩：

感恩我的父母，诗词创作并不是他们养育我的过程，但却是他们青春的一种印证。记得儿时曾经翻看过他们在相识相爱的年代所撰写的诗歌，就感觉其中蕴藏着这世间最真实的感动——借用一部电影的台词来说，我第一次看到诗词，便是在他们的身上。所以，有些或许可以被称之为天赋的东西，也是因为他们才一点点地盛放在我愈发成熟的人生当中。“飞舞的花蕊　像你的纯粹　永远都是我生命的绝对”，这是我发自内心的体会；但相反的，任何文字却也都无法完整描绘他们给予我的东西，那就是“爱的意愿”，那就是我始终选择微笑向前的源头所在。

感恩我的导师们，诗词创作同样不是他们教化我的训练，但却是我对他们的一种回馈。这世间很少有人如我一般，有幸遇见一对学术伉俪导师，然后又在与他们相处的点滴之间，感受到相知相守的两人所共同塑造的幸福。生活总有坎坷，但他们用自己的善良和坚韧，教会我以乐观和宽容来面对这个世界赐予的挑战——因为所有苦涩都渗透着甜蜜的芬芳，所有的努力都预示着未来的希望。“老师跟我讲　简单是最强大的力量　只要努力　就能够坚强”，我把两位老师各自诉说的箴言组合在一起放在名为《微笑的阳光》的填词之中，只是为了让自己铭记他们所传递给我的东西，那就是“爱的能力”，那就是我始终选择释放阳光的动能所在。

感恩我的知己好友们。写作诗词基本上不是他们所擅长的东西，甚至都不是他们所喜欢的东西。但总是有那么一些人，在你身处凛冽的狂风暴雨之时，仍然无条件地给予你最坚定的支持与信任。众所周知，我并不以诗词为业，而学术的创造很多时候又与文艺的想象背道而驰；但每当我兴奋地谈起自己的诗词韵脚时，他们却也始终宽容而微笑地倾听和赞许。或许我配不上那些赞许，但他们一定配得上我的感激，特别是宋嘉、贾伟、刘钊、杨斐、朱孟光、孙明、陈万里、赵瑞瑄、于婉莹等人给予的温暖鼓励。“感谢你们微笑着在不远处不舍不弃/陪我游过风雨”，诗词创作是情感的输出，但正是他们的存在才让我的爱始终可以找到畅行的轨道。

感恩吉林大学出版社，特别是李荣茂老师。诗词集不同于学术著作，从梦想变成现实需要的不仅仅是理论的价值，更需要有真正的贵人愿意给予提携与帮助。尽管我也始终坚持写作，但就文艺深度本身而言，相比李荣茂老师这样真正意义上的诗人却还差得非常遥远。所以，能够得到前辈的指引和支持，无疑是人生中一份无与伦比的幸运。与此同时，作为吉林大学的毕业生，能够在自己的母校出版这样的诗词集则是双重的幸福，更不要提吉林大学出版社的优秀编辑们对本书的精心设计和细致勘误。“爱是无言的承诺　陪伴是长情的歌/而你则是我生命里永远清晰的印刻”，这既是我为吉大七十岁生日所填的词，也是我对所有曾经愿意支持与帮助我的容颜所撰写的心意，因为恰是他们的出现才让我的爱绽放出了别样的颜色。

最后，这本诗词集绝非创作的句点，而只是阶段性的总结。人生的路程才刚刚走过了值得肯定与快乐的三分之一，而未来的生活则还有更多的期许与理想等待着我用自己的努力来实现。所以，这本诗词集终究还是一份自我感谢的礼物以及一种自我激励的能量。就像我知道“侧耳之间”不是最好的名字一样，我知道自己也不是最完美的存在，但伴随着过去二十年的文字磨砺和精神体验，我逐渐意识到生活的意义不是追求完美，而是接受不完美；生活的目标不是在现实中探寻理想的结果，而是享受理想照进现实的过程；生活的美好不是我们所期待的东西，而是我们所拥有的一切。我想，这应该就是隐匿在这本诗词集中最根本的东西——成长，温暖地成长、努力地成长，积极地成长、平静地成长，以及最重要的：微笑地成长，向阳地成长。

流星雨的光芒
如果能让我
实现唯一的心愿
只希望地球上满满的都是
这样温柔的爱

显　然

2022年12月31日

于普陀信仪